Henrik Woelk

Das verliebte Spiegelbild

Bibliographische Information der Deutschen Nationalbibliothek:
Die Deutsche Nationalbibliothek verzeichnet diese Publikation
in der Deutschen Nationalbibliografie, detaillierte bibliografische
Daten sind im Internet über http://dnb.dnb.de abrufbar.

Herstellung und Verlag:
BoD - Books on Demand, Norderstedt

ISBN: 978-3-738-652-987

Ich mein Gott
gehe du voran
und schaue nicht nach mir
Ich starb einst heute hier

Der entflohene Schatten

„If one speaks or act with pure mind,
then happiness follows him,
even as the shadow that never leaves."

(Worte auf einem Zettel an der Wand
im Phra Mahatat Kaen Nakhon)

1. Hader

Tom war am späten Vormittag aufgewacht und hatte entschieden, dass es so nicht weitergehen konnte. Als er aufstand, musste er gegen das Unwohlsein ankämpfen. Das war ihm Ansporn genug, um in den Tag zu gehen. „Im Phoenix aus der Asche bin ich gut", dachte er und kochte sich einen starken Kaffee. Seine Wohnung war lichtdurchflutet, die Küche auffallend sauber, fast steril. „Der Tag und die Nacht sind manchmal ganz unterschiedliche Welten", fand er und trank den ersten Schluck Kaffee. Er hatte zuviel getrunken. Etwas Ungeheures hatte in der letzten Nacht das Ruder übernommen. „Schon wieder!" Das war doch nicht er selbst gewesen. Er hatte keine Kopfschmerzen, dazu neigte er nicht. An das Meiste konnte er sich erinnern. „Ist das sicher? Woher wüsste ich denn, wenn ich mich nicht erinnerte?" Er war in dem verbotenen Viertel gewesen, hatte die ohnehin dunkle Nacht in unterirdischen Gängen verbracht, in denen es nach abgestandenen Körperflüssigkeiten roch. Danach hatte er die Schuhe vor der Haustür stehen lassen. „Es sind alte Schuhe. Ich werde sie wegwerfen. Wer weiß, wo ich reingetreten bin." Tom überlegte einen kleinen Moment. „Ich habe mir, als ich gestern Nacht losgegangen bin, die alten Schuhe angezogen. Ich habe schon gewusst, wo ich hingehen würde. Ich bin nicht dorthin geraten. Es war geplant. Doch von mir?"

Er brauchte die Berührung mit dem Hellen, der reinen, der lichten Welt, um sich wieder als Mensch zu fühlen, und verließ das Haus, um an diesem sonnigen Tag im Park spazieren zu gehen. Es war warm, aber nicht heiß. Ein Frühlingstag. Blüten standen in den Wiesen und das erste Grün der Bäume war hellgrün. Die Sonne warf ihm einen Schatten, der treu nicht von seiner Seite wich. In Ermangelung eines anderen Gesprächpartners begann Tom im Spazieren ein Zwiegespräch mit seinem Schatten: „Warst du es, der mich geführt hat in der letzten Nacht?" Der Schatten antwortete nicht. „Am Tage bist du zu sehen, aber in der Nacht, bist du unsichtbar, die Nacht ist deine Seite, glaube ich fast. Vielleicht bist du im Dunkeln Fleisch und Blut, und ich dein Schatten?" Tom kam es vor, als wäre nicht er, der nun im Park spazierte, letzte Nacht in dem verbotenen Viertel gewesen. Dieser der dort gewesen war hatte da mit anderen verkehrt, wieder und wieder, ohne erkennbare Reihenfolge, manchmal lustvoll, doch mehr seltsam. Waren die anderen Menschen gewesen? War es gewesen? An kein einziges Gesicht konnte er sich erinnern. Das kam ihm nun ungeheuerlich vor. „Das war doch ich nicht! Du hast mir das angetan!" Tom sah missbilligend auf seinen Schatten herab. Der blieb stumm.

Tom machte sich still Sorgen, hatte er Schaden genommen? Hatte die Nacht ihm etwas angetan? War sie einfach vorübergegangen, oder hatte sie ihm etwas zugefügt? Er wusste es nicht. Die Zeit würde es zeigen. Solange musste er mit der zermürbenden Ungewissheit leben. Schon wieder! Tom hasste diese Stimmungen. Alles hatte gewesen sein können, seine Erinnerung reichte nicht bis in die kleinen Details. Die Bruchstücke, welche entscheidend sein konnten, fehlten - vielleicht weil sie gar nicht gewesen waren. „Wieso nur! Wieso nur habe ich mich wieder in eine Situation begeben, an deren Ende die Ungewissheit steht! Du hast mir das angetan!" Er machte seinem Schatten bittere Vorwürfe. Der schwieg.

Das Gehen tat ihm gut. Es entfernte ihn von der Nacht, es brachte ihn allmählich auf neue Gedanken. An diesem Tag ging er sehr lange. Nach dem Spaziergang war er geradezu zuversichtlich. Er würde sich bessern. Zum wievielten Mal? Ein für alle Mal! Es gab das Licht, das helle Grün, den weiten Himmel und den Einklang, das war seine Welt. Den Schatten, der sich immer wieder an ihn heftete und ihn hinabzog, würde er besiegen. Tom sprach diesen Entschluss klar und deutlich aus.

2. Entzweit

In den nächsten Tagen ging Tom zeitig schlafen, stand früh auf und ging mit froher Sorgfalt seinen Tätigkeiten nach. Und bald war es ihm fast unverständlich, warum Menschen nachts etwas anderes tun konnten, als zu schlafen. Er radierte alte Fehler aus, nahm versandete Vorhaben wieder auf und entwickelte neue Pläne, an deren Umsetzung er sich sofort machte. Eine Weile hatte er Frieden, und er war sicher, auf dem richtigen Weg zu sein.

Als er an einem Nachmittag - es war inzwischen Sommer - mal wieder in dem Park spazieren ging, und die Sonne schien, da wollte er zu seinem Schatten sprechen, um ihm zu sagen: „Du musst zugeben, ich bin der Sieger." Aber sein Körper warf keinen Schatten. Er schaute auf den Boden in alle Himmelsrichtungen und auch zur Sonne, um sich zu vergewissern, dass sie am Himmel stand - und alles war richtig. Nur es fehlte sein Schatten. Er hatte ihn verlassen.

Tom war zwar überrascht, aber nicht schockiert. Im Gegenteil, nach kurzer Überlegung sagte er sich: „Nun gut, um so besser. So dann bin ich unumstritten der Herr in meinem Haus nun." Und er lebte sein Leben, zufrieden auf der lichten Seite, viele Wochen.

3. Das Auge der Zivilisation

Abends wurde er jetzt früh müde, morgens schlief er lang. Er konzentrierte sich auf seine wesentlichen Projekte. In den letzten Jahren hatte er trotz aller Exzesse auch immer viel Sport getrieben, und wie von Zauberhand hatte er seine Leistungen immer noch weiter steigern können. Das war nun nicht mehr so. Er kam viel schneller als sonst außer Atem und seine Muskeln wurden sichtbar kleiner. Und obwohl er weniger Appetit hatte, setzte er sogar ein wenig Fett am Bauch an.

Dafür ergaben sich jetzt immer häufiger lange, interessante und oft sogar heitere Gespräche, meist mit Frauen. Das war schön, er mochte das. Nur verspürte er nun in ihrer Nähe niemals Lust.

Und so stellte Tom nach und nach fest, dass er mit dem Fortgang seines Schattens nicht nur von einem Abgrund befreit worden war, sondern auch viel Kraft verloren hatte.

4. Die Jagd

Nachdem er diese Einsicht eine Weile hin-und hergewälzt hatte, entschied er, sich auf die Suche nach seinem Schatten zu machen. Er wollte ihn zur Rede stellen und sich vielleicht sogar versöhnen.

Einige Tage lief er umher und suchte ziellos. Aber weder in den Straßen der Stadt noch in den Parkanlagen fand er ihn. Tom verstand, dass bloßes Schauen allein ihn nicht zu seinem Ziel bringen würde, und er begann zu überlegen. Wohin konnte sein Schatten gegangen sein? Und dann wurde ihm klar: er musste nicht an den lieblichen Orten im Sonnenschein suchen, sondern dort, wo der Schatten ihn sooft hingeführt hatte. Und so begab er sich erneut in die Welt der unterirdischen Gänge.

Der Geruch war ihm vertraut, er mochte die Luft kaum einatmen, so verdickt von Unrat war sie. Er konnte nicht verstehen, warum Menschen diesen Ort freiwillig aufsuchten, und mochte kaum glauben, dass er selbst schon oft hier gewesen war. Immer wieder streiften ihn andere Schatten. Flüchtige, klamm-feuchte Berührungen, ein heisernes Raunen, kaum mehr. Wann immer er nach etwas greifen wollte, entzog es sich oder näherte sich zu sehr. Seltsame Formen entstanden, überhöhten sich, umfassten alles und fielen wieder zusammen. Als Tom über den Restehaufen ging, sank er ein, seine Stiefel wurden vom Schlamm umklammert, ein Sog nach unten entstand, farbenfroh, im Dunkeln, mit einem Mal, schillernd und vibrierend, aber nach unten, immer schneller, und plötzlich war er unter der Oberfläche, ohne Luft, im wassertiefen Dunkel, tiefer, tiefer, schwarz, Stille, der Sog lässt nach. Ohne dass er sich erinnern könnte warum, war er wieder aufgetaucht, der Farbenstrudel war - wie zuvor das Konstrukt - zusammengefallen. Es war immer noch er, er war immer noch da, Tom, in den unterirdischen Gängen. Er roch den Geruch der abgestanden Körperflüssigkeiten, und das stimmte ihn nun froh. Denn jetzt schien es ihm eine Spur von Leben zu sein, eine Hoffnung, die mit einem Mal hier auch war. Es war die Welt der Schatten, anderer Schatten; seiner war nicht dabei. Als er frühmorgens nach Hause kam, hatte er das dringende Bedürfnis, heiß zu duschen.

Auch an den nächsten Tagen und Nächten suchte er seinen Schatten in den unterirdischen Gängen vergeblich.

5. Der Schatten

„Ich bin die ganze Zeit in seiner Nähe gewesen. Es gab keinen Anlass, mich vorschnell zu erkennen zu geben.

Er sollte selbst herausfinden, worauf es ankommt. Es ist die Kraft, es ist immer die Kraft, die aus der Erde kommt. Ich habe nie verstanden, warum er sich mit kurzlebigen Gesellschaftsnormen das Leben schwer macht, die Freude verdirbt, sich vorsätzlich schwächt. Wozu? Um im Gegenzug was zu erhalten? Eine Tugend? Ein Ideal? Ich lache! Ein Hirngespinst ist es nur, um den Geist zu verführen und das Ganze zu schwächen. Die Lanze des Triebes allein deutet zuverlässig auf das nächste Ziel. Und nicht nur das: Er führt das Rinnsal zum Meer, nicht in die Wüste, wo es sinnentleert versickert. Niemand kann jemanden etwas lehren. Der Trieb weiß es längst."

6. Die Laterne

In einer schließlichen Nacht ist Tom von der langen Zeit des vergeblichen Umherirrens so sehr erschöpft, dass er seine Suche aufgibt. Er steigt aus den unterirdischen Gängen empor in einer stille Straße der nächtlichen Stadt, und setzt sich müde zu Füßen einer Straßenlaterne auf den Rinnstein. Aus dem Metall dringt das Knistern elektrischen Stroms, das Licht flackert - kaum merklich - und wird von Nachtinsekten vergeblich umschwirrt. Die graue Straße ist von alten hohen Häusern eng eingefasst. „Hier standen überall mal Bäume", dachte Tom, „überall Bäume, und der Boden war weich." Ein Mader hielt auf der Straßenmitte regungslos inne und schaute ihn ungeniert an. „Das Tier ist im Vorteil. Für ihn ist die Stadt ein auf die wirkliche Welt gestülptes

Ding, wovon die Wirklichkeit nicht weniger wird, sondern nur weniger gut auf den ersten Blick zu sehen ist. Für uns ist die Stadt die Wirklichkeit." Er lächelte, „zumindest meistens, vielleicht nicht gerade jetzt." Tom gähnte. Für ihn hätte die Stadt immer Nacht bleiben können - um in einem weit entfernten Morgengrauen zu Staub zu zerfallen. Es war Zeit ins Bett zu gehen. Er erhob sich, erwartete mühsam, wollte beinahe stöhnen, doch: wie von selbst. In einer fast ebenso schnellen, geschmeidigen Bewegung huschte der Mader unter ein Auto. Von dem fahlen Licht der Straßenlaterne ward Tom ein unvergänglicher Schatten gezeichnet. Wirklich schon ins Bett? Wie viel Verheißung mehr verbarg die Nacht!

Das verliebte Spiegelbild

Wer seinen Dämonen aus dem Weg geht,
wird von ihnen im Kreis herum geführt.

1.

Der meckernde Schrei eines Vogels schreckte ihn aus dem Schlaf. „Wo bin ich?" Der Raum war ihm unbekannt. Der Schrei wiederholte sich. Das Tier war im selben Raum. Das war kein Vogel, das war ein Gecko. Pascual lächelte. Ihm fiel wieder ein, dass er gestern in Thailand angekommen war. Ein Gecko im Zimmer ist ein sehr günstiges Zeichen. Geckos bringen Glück. Er stand auf und fühlte sich seltsam unvollkommen. Beinah so, als sei er gar nicht da. „Bin ich wirklich in Thailand? Oder träume ich noch?" Pascual träumte nicht, er war am Vortag angekommen.

Er nahm sich ein Getränk aus dem Kühlschrank, zog den Vorhang auf - die Sonne war gerade aufgegangen - und suchte nach dem Gecko. Der verriet sich durch einige weitere Schreie und machte keine Anstalten sich zu verstecken. Warum auch? Sie sahen sich wohlwollend an. „Danke für die herzliche Begrüßung", sagte Pascual und ging unter die Dusche.

Pascual hatte die Reise mit einer kleinen Last begonnen, und diese spürte er mit einem Mal deutlich. Auch im Vorjahr hatte er seinen Urlaub in Thailand verbracht und war Michaela, einer Frau aus seiner Heimatstadt, begegnet. Damals hatte ein Gecko hatte sie miteinander in Verbindung gebracht. Der hatte sich aus einem Baum auf seine Schulter fallen lassen, hatte dort einen Moment verweilt und war dann, als Michaela neben ihm stand, auf ihre Nase gesprungen.

Der Weckruf des Geckos an diesem Morgen hatte auch diese fast vergessene Begebenheit angerührt, die Pascual nun unter der Dusche wieder in Erinnerung kam. Sie und er waren damals zusammmen weiter gereist. Er hatte sich in sie verliebt, aber daraus war nichts geworden, und so war die damalige Reise in einer fortwährenden Enttäuschung verlaufen. Als sie wieder zu Hause waren, hatte er das hinter sich gelassen und hatte nun überhaupt kein Interesse mehr daran, ihr noch einmal zu begegnen. Michaela ihrerseits hatte die Reise sehr gefallen. Es war sehr schmeichelhaft für sie gewesen, ständig umworben zu werden. Und im Nachhinein sagte sie sich: „Vielleicht hätte ich ihm doch nachgeben sollen?"

Sie hatte ihm erzählt, dass sie auch dieses Jahr wieder nach Thailand fahren wolle. Sie hatte es nicht ausgesprochen, aber es war klar, dass sie gern wieder mit ihm gereist wäre. Das aber wollte Pascual auf gar keinen Fall. Vorbei ist vorbei.

Er hatte sie recht gut kennengelernt und befürchtete nun, sie würde eine vermeintlich zufällige Begegnung herbeiführen wollen. Möglicherweise wusste oder ahnte sie, wo er sich aufhielt. Zwar besuchte er diesmal eine ganz andere Region Thailands, aber er hatte wohl zu einem früheren Zeitpunkt - vor Monaten - mal über seine diesjährigen Reisepläne geredet.

Mit dieser diffusen Sorge im Nacken war er schon bald nach dem Aufstehen in den kleinen Tempel in der Nähe seiner Unterkunft gegangen und hatte sich dort auf den Boden gesetzt, um zur Ruhe zu kommen und von dem Land in Empfang genommen zu werden. Nun, im Angesicht des Buddhabildnisses, spürte er die Last der nicht abgeschlossenen Vorgeschichte zentnerschwer an seinem Hals. Er verstand, dass sein eigenes Gewissen, welches sich ihr aus irgendeinem Grund noch verpflichtet fühlte, einen Großteil dieses Gewichts ausmachte. Er hoffte, von dieser falschen Last befreit zu werden, bat inständig darum, dass die Sache sich verflüchtigen möge. Und warum auch nicht? Er zweifelte nicht daran, sich aus eigener Kraft befreien zu können, denn wo, wenn nicht in sich selbst, und durch wen, wenn nicht durch ihn, sollte sein Gewissen neu justiert und die klebrige Fessel falscher Verpflichtung durchtrennt werden? Als er den Tempel verließ, fühlte er sich leichter.

Doch er hatte es sich zu einfach vorgestellt. Anscheinend genügte es nicht, die Befreiung allein in der Phantasie zu erleben.

Es war die frühe Nacht desselben Tages, als ein von hinten kommendes Motorrad neben ihm an der Strandpromenade stoppte und ihre nur allzu vertraute Stimme sagte: „Na das ist ja ein Zufall, wie klein die Welt doch ist." Michaela hatte ihn gefunden.

Sollte er ihr sagen, dass er nicht an diesen Zufall glaubte? Er mochte keine Freude heucheln. Sie sah es, war gekränkt. Sie hatte einen langen und schwierigen Weg auf sich genommen, um ihm hier wieder zu begegnen. Sie versuchte, sich ihre Enttäuschung nicht anmerken zu lassen. Aus falschem Anstand und einem diffusen Pflichtgefühl verbrachte er zwei Tage mit ihr. Am zweiten Tag gab sie zu, gezielt nach ihm gesucht zu haben und für einen Moment flackerte eine Forderung hinter ihrer Maske aus gut gespielter Unverbindlichkeit auf. Dies war der letzte kleine Anstoß, der ihm noch gefehlt hatte, sich sofort und vollständig von der Vergangenheit mit ihr zu befreien. Im gleichen Moment wurde ihr klar, dass sie keine gemeinsame Zukunft mehr hatten. Am Ende dieses zweiten gemeinsamen Tages, dem dritten Tag seines Urlaubs, verabschiedete er sich von ihr höflich, entschieden und für immer.

Als er am selben Abend in seinen Bungalow kam und die Klimaanlage einschaltete, fiel der Gecko mit aufgerissenem Bauch von dort vor ihn auf den Fußboden. Es begann ein schier endloses Ringen mit dem Tod. Pascual war in die Hocke gegangen, um ihm näher zu sein. Der Gecko starrte ihn mit von dem Schrecken des plötzlichen Sterbens weiten, schwarzen Augen an, sein Mund stand offen, die Atmung ging schnell, vergeblich. Eine ganze Weile sahen sie sich an. Pascual wusste, dass er allein dieses Sterben zu verantworten hatte: nicht weil er die Klimaanlage angeschaltet hatte, sondern weil er eine Möglichkeit, die vor ihm ausgebreitet worden war, ausgeschlagen hatte.

Der Gecko tat ihm leid. Er hatte sich soviel Mühe gegeben, ihm diese frühere Hoffnung doch noch zu erfüllen, hatte ihn erneut mit der einst so sehr ersehnten Frau zusammengebracht, nicht wissend, dass sich Pascuals Gefühle geändert hatten in den zehn Monaten, die er in dem anderen Land, seinem Land gewesen war. In seinen kleinen, schwarzen Augen konnte Pascual erkennen, dass er nicht verstand, wieso es diese plötzliche, unerfreuliche Wendung genommen hatte. Am Morgen noch hatte er ihn mit so fröhlichen, frohlockenden Rufen geweckt, in dem festen Glauben, ihm nun endlich das lange vorbereitete Geschenk überreichen zu können: Die Begegnung mit Michaela, die nun bereit war, so wie Pascual es eben erst letztes Jahr noch so sehr erhofft hatte. Er verspürte große Sympathie für die kleine Echse. Es tat ihm leid, dass sie unvermittelt einen so schmerzhaften Tod erleiden musste, und er überlegte, was er tun könnte. Die Wunde am kleinen Bauch war zu groß, Gedärm und einige der kleinen Organe quollen heraus. Es gab keine Möglichkeit, den Riss zu schließen und sie zu heilen. Einen Augenblick erwog Pascual, sie zu töten, um ihren Schmerz zu beenden. Aber das stand ihm nicht zu. Der Kampf mit dem Tod war das Einzige, was ihr in diesem Leben noch blieb. Also schob er sie so vorsichtig, wie es nur möglich war - Pascual sah, dass sie trotzdem unerträgliche Schmerzen hatte -, auf ein Blatt Papier und trug sie aus dem Raum hinaus in die dunkle Nacht. Dort legte er sie ab und ging zurück in das Zimmer. Er würde niemals erfahren, wie lange ihr Todeskampf noch dauerte. Aber er fand, es stand ihr zu, diesen allein auszutragen oder von dem nächstbesten Tier gefressen zu werden. Als er wieder in dem Raum war und die Tür schon geschlossen hatte, plagten Pascual schlimme Zweifel. Hätte er bis zum Ende bei dem Gecko bleiben sollen?

2.

Am nächsten Morgen stand er mit der Absicht auf, die Insel zu verlassen. Als er auf der Fähre war, und die in Richtung Süden abfuhr, stellte er fest: „Ich bin frei. Endlich frei."

An Orten, wo man ihn nicht kannte, und wenn es interessant werden könnte, stelle er sich mit dem Namen 'Dennis' vor. Dieser Name bot sich an, weil er völlig unverbindlich war und alles offen ließ.
An den nächsten Stationen der Reise stellte er sich immer mit diesem Namen vor, und nie blieb er länger als eine Nacht. Auf diese Weise reiste Pascual als Dennis mehrere Wochen auf der vergeblichen Suche nach irgendetwas.

Schließlich landete er mit einem kleinen Boot auf einer Insel, die von keiner Fährlinie angesteuert wurde. Hier gab es weder ein Dorf, noch eine Straße. Im Westen erstreckte sich über die gesamte Länge von drei Kilometern ein feiner, weißer Sandstrand. Sehr nah am Meer gab es einige wenige Bungalows, die besonders bei Hochzeitsreisenden beliebt waren. Pascual mieteten einen davon. Im Inneren lächelte er gequält. Im letzten Jahr hätte er viel darum gegeben, hier gemeinsam mit Michaela zu schlafen. Hier wäre alles perfekt gewesen. Nun war er lieber ohne sie. Aber die paradiesische Schönheit dieses Ortes mit niemandem zu teilen, erschien ihm jetzt beinah als ein Fluch. Hinter dem Strand erhoben sich dschungelbewachsene Hügel. Die Insel war nur zwei Kilometer breit. Wer sich die Mühe machte, über den Hügel durch den Dschungel zu gehen - und Pascual tat das voller Tatendrang und um jene seltsame Lücke in sich auszufüllen gleich am ersten Tag - entdeckte auf der anderen Seite einen kleineren und vollkommen unberührten Strand, wo ein kleiner Fluss ins Meer mündete und scheue Warane zurück ins Unterholz flüchteten.

Pascual hatte gehört, dass auf dieser Insel zahlreiche Nashornvögel lebten. Er wollte einen von ihnen fotografieren. Er mochte es, sich kleine Ziele zu setzen und diese als Vorwand für sein Fortschreiten zu nutzen. Die Vögel sollten am frühen Morgen, zwischen sechs und sieben, häufig aus dem Urwald zum Strand fliegen und dort ein wenig verweilen.

Also stand Pascual am nächsten Morgen um viertel nach fünf auf. Er wollte erst ein wenig am Strand laufen gehen - um sein Training nicht zu vernachlässigen - dann hellwach zu seinem Bungalow zurückkehren, die Kamera holen - und einige Nashornvögel fotografieren.

Als er gerade erst zehn Minuten lief, flogen zwei Nashornvögel - und sie hatten nicht nur beeindruckende Schnäbel, sondern auch schwere Körper und eine riesige Flügelspannweite - dicht über seinem Kopf, mit ihm, im gleichen Tempo. Er guckte nach oben, betrachtete sie fasziniert, guckte und achtete nicht auf den Strand, der nicht nur feinsandig sondern auch naturbelassen, voller Treibgut aus dem Meer und Steinen war. Im schwerelosen Gleichmaß mit ihm waren die Vögel beinah zum Greifen nah, und er trat auf einen kleinen Fels, knickte um, so sehr, dass er stürzte, nicht nur stürzte, sondern einen Purzelbaum schlug und sich in der nächsten Sekunde am Strand sitzend wiederfand. Sein Knöchel schmerzte. „Auf dieser Insel gibt es keine Krankenstation", schoss ihm durch den Kopf. Die Nashornvögel landeten im nächsten Baum, schauten zu ihm hinüber und lachten laut und vernehmlich. Über dem Meer ging das erste schmale Orange der Sonne auf. Pascual blieb eine Weile sitzen und schaute sich den Sonnenaufgang an. Dann humpelte er zurück zu seinem Bungalow. Auf dem Weg dorthin sah er mehrere Vögel auf den obersten Blättern der niedrigen Palmen am Strand sitzen. Er bandagierte sich, nahm seinen Fotoapparat und humpelte zurück zum Strand. Kein Vogel war mehr dort.

Noch am selben Tag verließ er die sehr kleine Insel, auf der es keinen Arzt gab, um seinen Fuß professionell untersuchen und behandeln zu lassen. Den Rest des Urlaubs trug er eine feste Bandage. Nach einigen Tagen hatte er sich daran gewöhnt.

Irgendwann später kam er auf die bei Touristen beliebte Insel Samui. Durch seine Verletzung hatte ihn die Abenteuerlust ein wenig verlassen, er mochte sich nun nicht mehr jenseits der ausgetretenen Pfade bewegen. Dann plötzlich fand er sich in einer Sackgasse wieder. Aus einer Anwandlung von unnötiger Sparsamkeit, gepaart mit dem vagen Glauben, auf diese Art ein Stück Jugend wieder finden zu können, hatte Pascual ein sehr billiges Zimmer gemietet. Eine Ameisenstraße lief an der Decke entlang. Früher hätte allein dies ihn erfreut. Heute reichte dieser malerische Umstand nicht mehr aus, ihn von der Abgenutztheit des Zimmers abzulenken. Im Treppenhaus, an der Wand des umlaufenden Außenbalkons, direkt neben seiner Zimmertür, saß ein riesiger, unterarmlanger Gecko und machte keine Anstalten, vor ihm zu fliehen. Die sehr viel kleinere Echse, die ihm am Anfang dieser Reise, in seinem ersten Raum, tödlich verletzt vor die Füße gefallen war, kam ihm dabei nicht in den Sinn. Er war nun frei, aber auch verstoßen, nirgendwo hielt es ihn lang, und er entschied, auch hier am nächsten Morgen abzureisen.

Und auch oder gerade, wenn man nirgendwo innehält, vergeht die Zeit, und sogar schneller. Sechs Wochen war er nun schon in diesem Land. Eine einzige Woche blieb ihm noch. Pascual hatte genug von der Reise. Alles fühlte sich fade an. Er würde sich an einem ruhigen Ort ein sauberes Zimmer in einem Hotel mit Pool und mehrsprachigen Kabelkanal mieten. Dort würde er keinen Erlebnissen mehr hinterherlaufen und nur noch die Zeit abwarten. Mit dem Tod des kleinen Geckos vor einigen Wochen war alles welk geworden.

3.

Am nächsten Vormittag wartete er mehrere Stunden in der Hitze, die selbst im Schatten war, auf den kleinen, offenen Bus, der sonst häufiger fuhr. Er hatte sich entschlossen, in das zwanzig Kilometer entfernte, ruhige Dorf Mae Nam im Norden der Insel zu fahren. Als endlich ein kleiner Bus neben ihm hielt, klärte der Fahrer ihn auf, dass er beabsichtigte, eine ganz andere Route zu fahren. Pascual musste eine weitere Stunde warten, alles schien sich gegen ihn verschworen zu haben. Als das Gefährt endlich kam, war er vollkommen durchgeschwitzt. Er kletterte mit seinem schweren Koffer auf die Ladepritsche. Ihm gegenüber saßen zwei einfach gekleidete Thailänderinnen mit gedrungenen, bäuerlichen Gesichtern, die miteinander verwandt sein mochten, und daneben eine sehr zierliche Asiatin in einem luftigen Kleid und mit einem großen, hellen Strohhut, so prachtvoll, dass man glauben könnte, sie sei auf dem Weg zum Pferderennen. Pascual betrachtete ihre zarten, blassen Arme, die kontrastiert von dem plumpen Fleisch ihrer Nachbarinnen aus transparentem Papier geschnitten zu sein schienen - und er fand sie äußerst attraktiv. Das Gespräch eröffnete sie. Sie war eine Chinesin, es war ihre erste Reise außerhalb der Heimat, und die aufgeregte Neugierde, die das mit sich brachte, war ihren fröhlichen Worten anzumerken. Ihr Urlaub würde nur kurz sein, und sie hatte sich auf das Abenteuer eingelassen, allein und ohne Vorbuchung zu reisen. Für junge Europäer, die dem überhöhten Ideal des Individualismus frönten, mochte das normal sein, doch für eine Chinesin war die Entscheidung, ohne eine Gruppe und Reiseleitung oder auch nur eine Freundin in dieses Land zu reisen, äußerst ungewöhnlich. „Ich probiere die Unterkunft einfach aus. Und wenn der Strand nicht schön ist oder die Umgebung zu laut - was soll es! Dann ziehe ich eben um", sagte sie lächelnd. Für eine Frau aus ihrem Land war das eine ungewöhnliche Aussage. Unwillkürlich zog Pascual die Brauen hoch und lächelte überrascht in ihre Richtung. Alles an ihr leuchtete und ihre Augen zwinkerten ihm zu. Sie gefielen sich sehr.

Der Bus stoppte plötzlich, es war wegen Pascual, er musste umsteigen, unweit an der Weggablung wartete ein anderer Bus. Der Fahrer hielt ihn mit unverständlichen Worten und eindeutigen Gesten zur Eile an, er müsse schnell machen, sonst würde er die einzige Verbindung, die es an diesem Tag noch gab, verpassen. Überrascht, hastig und lachend verabschiedete er sich, lief mit seinem Koffer in der Hitze zu dem anderen Bus, der startete, sobald er aufgestiegen und bevor er sich gesetzt hatte.

Mit der ganzen Fröhlichkeit der Stimmung, in der sie sich gerade befunden hatten, hatte er sich von der zierlichen Chinesin verabschiedet; erst, als er weiterfuhr, wurde ihm klar, dass er die Gelegenheit, diese interessante Frau kennenzulernen, vertan hatte. „Warum bin ich nicht einfach mit ihr zusammen weiter gefahren? Nirgendwo werde ich erwartet. Es ist mir allein überlassen, wohin ich mich wende. Nichts hat mich gezwungen, den Bus zu wechseln. Ich hätte mit ihr weiterfahren sollen!"

Er spürte den Verlust, ärgerte sich und war verstimmt. Da war er wochenlang so sehr mit Unnötigem beschäftigt gewesen, dass es ihn völlig eingelullt hatte. Und dann, als er gar nicht damit gerechnet hatte, war diese Überraschung aus dem Nichts aufgetaucht - und er hatte sie vertan, unnötig vertan.

Er ärgerte sich. Etwas in ihm begann zu überlegen. War es nicht doch möglich, sie wieder zu sehen? Was hatte sie gesagt? Wo wollte sie hin? Worüber hatten sie sich unterhalten? Sie hatten über die große, vergoldete Buddhastatue geredet. Und die saß auf einem Hügel, auf halbem Weg zwischen dem Dorf seiner Unterkunft und dem Ort, zu dem sie fuhr. Und er wusste nicht zu sagen, warum, aber mit einem Mal hatte er die englischen Worte „two p.m." im Kopf. Er wusste nicht, was all das bedeutete, aber „14 Uhr" war ihm klar und eindeutig, und er zweifelte nicht daran, dass er die Chinesin am nächsten Tag um zwei Uhr am Nachmittag an der großen Buddhastatue würde wiedertreffen können. Er musste nichts weiter tun, als zur richtigen Zeit dort hinzufahren.

Das Hotel an der Endstation des Busses entsprach seinen Wünschen, die er am Vortag noch gehabt hatte: es

war sauber, hatte einen Pool auf dem Dach, und Kabel-
fernsehen mit englisch-sprachigen Hongkong-Sendern
in den Zimmern. Pascual schwamm in dem Pool und
hatte seine Ruhe, denn er war der einzige Gast dort.
Nur: Nun konnte er sich daran nicht freuen. Stattdessen
befürchtete er, die Chinesin zu verpassen und sann an-
gestrengt darüber nach, wie er am nächsten Tag am Besten zu der Verabredung gelangen sollte, die vielleicht
nichts weiter war als ein Hirngespinst. Bei all seiner un-
zufriedenen Unruhe bemerkte er nicht, dass er mit einem
Mal wieder Lust hatte, etwas zu erleben. Schließlich,
noch immer allein in dem kleinen Pool, kurz vor dem
Sonnenuntergang, entschied er, am nächsten Tag ein
Motorrad zu mieten, um zum Großen Buddha zu fahren.

Motorräder in Thailand sind gut gewartet und leicht zu
fahren. Wenn man von den vielen Unfällen absieht, sind
sie das vielleicht zuverlässigste Verkehrsmittel. Aber am
nächsten Mittag war die Maschine nicht zu starten. Ste-
chend heiß stand die Sonne über dem Innenhof des Hotels. Etwas Unsichtbares hatte sich vor das Schloss
geschoben, der Schlüssel war nicht hineinzustecken. Der
Parkplatzwächter kam hilfsbereit aus dem Schatten seines Unterstandes hinzu. Nach mehreren Minuten des
vergeblichen Bemühens, war er nicht nur ratlos, sondern
auch verunsichert, beinah furchtsam. Obwohl es kein
sichtbares Hindernis gab, konnte auch er den Schlüssel
nicht in das Schloss bewegen. Hier ging etwas Anderes,

Verborgenes, Beunruhigendes vor sich. Der Parkplatzwächter zog sich unter Entschuldigungen in den Schatten zurück und hoffte, in die Sache, die er nicht verstand, nicht weiter hineingezogen zu werden. Pascual hatte nicht den Eindruck, dass die Entschuldigungen ihm galten. Sie schienen eher an etwas Undefiniertes in seiner unmittelbaren Nähe gerichtet zu sein.

Als sich abzeichnete, dass die letzte Gelegenheit, noch pünktlich zu seiner eingebildeten Verabredung zu kommen, unmittelbar bevorstand, entschloss er sich, ein anderes Motorrad zu mieten. Aber auch dieses Vorhaben scheiterte. Angeblich war kein anderes Fahrzeug frei. Pascual konnte das kaum glauben, denn sonst waren immer überall genügend Motorräder zu haben. Er hatte vielmehr den Eindruck, dass niemand sich traute, ihm den Weg zu bereiten, der von einem Geist versperrt worden war.

Weil ihm keine andere Wahl blieb, hantierte er weiter in der Hitze mit dem Schlüssel an dem vertrackten Zündschloss herum. Nach einer weiteren halben Stunde des vergeblichen Bemühens passte der Schlüssel mit einem Mal.

Sofort fuhr er los, entschlossen in dem aussichtslosen Bemühen, die viel zu große Verspätung noch aufzuholen. Der Verkehr der einzigen Ringstraße war zäh, langsam und widerspenstig, Marktstände waren in die schmale Fahrbahn hineingebaut und trotz des kühlenden Fahrtwinds schwitzte er immer noch mehr und ohne Unterlass.

Er traf die Chinesin nicht am Großen Buddha. Er würde niemals herausfinden, ob er sie verpasst hatte, oder sie nie dort gewesen war.

Eine Weile blieb er am Fuß der Treppe, die zu der großen Statue führte, sitzen, enttäuscht, erschöpft und ohne ein weiteres Ziel. Er betrachtete das Kommen und Gehen der Touristen. Bei den chinesischen Gruppen schaute er genauer hin, suchte ihr Gesicht, aber sie war nicht hier, nun nicht mehr.

Viele der Touristen verhielten sich nicht so, wie es von den Einheimischen an diesem Ort erwartet wurde. Obwohl Hinweisschilder es überdeutlich machten, zogen sie häufig ihre Schuhe nicht aus, wenn sie die Treppe zur Buddhastatue hinaufstiegen, und waren nicht im Geringsten angemessen oder sogar nur im Bikini bekleidet und sprachen laut, viel zu laut über vollkommen Belangloses. „Heerscharen von stampfenden Barbaren umgeben von einer Staubwolke aus Gewöhnlichkeit", dachte Pascual, als er das Treiben beobachtete und seine Stimmung sich weiter verfinsterte. Ihm taten die wenigen Thailänder zwischen den vulgären Massen leid, die trotz allem die Fassung zu wahren versuchten und ehrerbietig ihre Blumen und Kerzen hielten, wenn sie in ihrer bester Kleidung zur Statue emporstiegen, dort niederknieten und eine Opfergabe darbrachten, während sie von all den Fremden belustigt, mitleidig oder sogar verächtlich belächelt und fotografiert wurden. All dies war so sehr unerfreulich. Pascual blieb still sitzen. Irgendwann, nach einer ganzen Weile, hörte er das Wort „lonely", und es wurde noch einmal wiederholt. Als er aufblickte, sah er ein klein wenig entfernt zwei thailändische Frauen mit gedrungenem Aussehen stehen. Es waren dieselben, die am Vortag mit ihm und der Chinesin in dem kleinen, offenem Bus gesessen hatten. Eine von beiden hatte das Wort anscheinend zu der anderen gesagt, aber das konnte er unmöglich gehört haben, dafür standen sie zu weit weg. Als sie sahen, dass Pascual sie gesehen hatte, verließen sie das Gelände.

Nun war er sich vollkommen sicher, dass er hier eine Verabredung verpasst hatte, nicht aus eigenem Verschulden, sondern weil etwas die Wirklichkeit zu diesem Zwischenergebnis hin verformt hatte. „Aber ich weiß nicht warum, und auch nicht, was es bedeutet." Immerhin war sein Interesse am Lauf der Dinge wieder geweckt. „Zu irgendwas muss das doch führen!" Aber er konnte nicht abschätzen, ob das zu seinem Nutzen oder Schaden war. Es blieb ihm nur, so gut es eben ging, sich auf alles vorzubereiten. Also erhob er sich, stieg zur Vorhalle des Tempels empor, kniete vor einem Mönch nieder, leistete eine kleine Spende, erhielt einen Segen und bekam ein buntes Bändchen um das Handgelenk geknotet. Dann zollte er dem Buddha seinen Respekt, ging zurück zu seinem Motorrad, drehte sich nicht nocheinmal um und warf den Motor an, der sich nun problemlos starten ließ. Er fuhr ein kleines Stück ohne Ziel, hielt hier und dort, um ein Stück mundfertig geschnittenes Obst zu kaufen oder in das Meer zu springen, den Neubau eines Tempels zu begutachten oder Fische in einem Teich zu füttern. Direkt an diesem Teich sah er an einem Verkaufsstand einen kleinen, bunt bemalten Vogel aus leichtem Holz, der einen seltsamen plumpen Körper und einen zuversichtlichen Gesichtsausdruck hatte. „Dieser Vogel lebt in den Wäldern, hier auf der Insel", sagte der Verkäufer und ahmte, um seine Worte zu untermalen, den Ruf des Tieres nach. Einen Moment lang überlegte Pascual, ob er diesen hölzernen Vogel kaufen sollte, aber er entschied sich dagegen, stieg auf das Motorrad und fuhr gedankenverloren am Meer entlang, bis er das Dorf Mae Nam wieder erreichte.

4.

Er stellte das Motorrad ab und ging eine Weile am Strand spazieren. Der Sand war sauber, von üppigen Palmen gesäumt und das Wasser durchsichtig. Und doch schien ihm alles recht freudlos zu sein, und er besah es mit einer eigentümlichen Distanz. Ohne großes Interesse suchte Pascual sich einen Weg zurück zum Hotel durchs Hinterland. Schließlich stieß er auf die einzige größere Straße und hatte seine Unterkunft fast erreicht, als er im schattigen Halbdunkel eines flachen, halboffenen und recht provisorisch wirkenden Raums das interessante Gesicht einer Frau sah. Sie schien traurig zu sein und wirkte dennoch sehr gefasst. Sie hatte sich offensichtlich mit etwas als einem Unvermeidlichen abgefunden und erwartete nichts mehr, genügte sich darin anzudauern. Dann erkannte Pascual, dass es keine Frau war, sondern sein eigenes Bild, das in einem rückwärtigen Spiegel reflektiert wurde, von Staub, dämmrigem Licht und ermüdeten Augen verzerrt, wie um einen vergangenen Wunsch am Ende doch noch zu erfüllen. Als Pascual den Spiegel erkannte, musste er kurz lachen, das erste Mal an diesem Tag. „Soweit kann es kommen", sagte er zu sich selbst und ging schmunzelnd weiter. Das Spiegelbild hatte ihm einen Funken seines Humors wiedergegeben.

Den Abend verbrachte er allein am unwirklich vereinsamten Pool auf dem Dach des Hotels, und seine Gedanken wechselten zwischen der Erinnerung an die Chinesin und der Illusion des Spiegels. Seine Stimmung hatte sich nach den ganzen Vergeblichkeiten des Tages gebessert, denn er hatte einen Zusammenhang erspürt, ein geheimes Wirken, eine Verkettung, die er nicht verstand, etwas Rätselhaftes. Es gab ihm zu denken, und das allein war ihm ein Wohlgefühl.

Am nächsten Morgen ging er zum Strand, wo er einige Stunden in entspannter Langeweile als ein Tourist verbrachte. Dann entschloss er sich, nocheinmal zu der Baracke zu gehen, um das trügerische Spiegelbild genauer zu betrachten. Als er dort ankam, war der Raum belebt. Drei junge Frauen saßen an einem kleinen Tresen, dahinter stand eine Ältere. Die schlankeste der drei Frauen war das Spiegelbild. Als sie verhalten lächelte und der stille, etwas traurige Ausdruck in ihren Augen dabei nicht verschwand, kam sie ihm vertraut vor.

„Magst du Massage?" Die rohe Direktheit der Stimme zerriss den Eindruck. Nicht das Spiegelbild hatte gesprochen, sondern die ältere Frau hinter dem Tresen, und sie wiederholte ihre Frage: „Möchtest du dich massieren lassen?" Dabei deutete sie auf das Spiegelbild: „Sie hat einen eigenen Raum, sie kann dich massieren." „Ich komme vom Strand. Es ist überall Sand an meinem Körper. Das ist nicht günstig für eine Massage", gab er zu bedenken. „Mache dir deswegen keine Sorgen, wir haben eine Dusche."

Das Geschäftsmäßige im Tonfall der Älteren hinter dem Tresen gefiel Pascual nicht. Aber er willigte dennoch ein, nicht weil er es begehrte, von der schlanken Frau massiert zu werden, sondern weil er ahnte, dass die Blockade des Zündschlosses am Vortag, ihn von etwas abgehalten hatte, um zu etwas anderem zu führen. Seine Neugierde war geweckt, er war auf einer Fährte, und dies war der nächste Schritt und der wollte getan werden.

Die Schlanke sah ihn nachdenklich an, erhob sich von dem Barhocker und sagte leise: „Folge mir", und führte ihn durch eine Hintertür in der Baracke auf ein Stück Brachland. Eine kurze Wäscheleine mit wenigen Kleidungsstücken war in der Sonne gespannt. Sie betraten ein flaches Nachbargebäude durch eine andere Hintertür.

In dem plötzlichen Schatten war ein kleiner Verschlag zu erkennen, in dem ein großer Wasserbottich mit einer Schöpfkelle stand. „Da kannst du duschen", sagte sie und reichte ihm ein Handtuch.

Sie ließ ihn allein. Er schöpfte das Wasser und ließ es über seinen Kopf rinnen. Wieder und wieder. Atmete tief, genoss es. Schöpfte nocheinmal und nocheinmal, genoss es, merkte, wie gut das tat und stellte fest: „Allein für diese Dusche hat es sich gelohnt, hierher zu kommen." Gedankenverloren stand er so eine kleine Weile im Dunkeln. Dann trocknete er sich nicht ab, nahm das Handtuch, schlang es sich um die Hüfte und ging in den Nebenraum. Zu seiner Überraschung fand er sich in einem kleinen Friseursalon wieder.

Vor einem großen Spiegel stand ein abgenutzter, alter Frisierstuhl: einige Scheren, Kämme, Kosmetikartikel und eine elektrische Haarschneidemaschine lagen herum. An den Wänden waren plakatgroße Bilder von Mönchen und dem Königspaar, als es noch jünger war.

Von dieser Frisierstube war ein winziges Zimmer durch zwei dünne Holzwände abgetrennt. Es war so klein, dass zwei schmale Matratzen gerade eben hineinpassten, zwischen ihnen waren kaum zwei Fußbreit Platz. Dort stand die Schlanke. „Komm!", sagte sie und kniete sich auf eine der Matratzen. Sie hatte eine sehr kurze Hose an, ihre sehr schlanken, braunen Beine waren makellos glatt. Sie hielt eine große Ölflasche in der Hand und lächelte ihm zaghaft zu. Durch ihr dünnes, einfaches Hemd war zu erkennen, dass sie praktisch gar keine Brüste hatte. „Ist sie überhaupt eine Frau?", schoss es ihm durch den Kopf. In diesem Land war die Grenze zwischen Mann und Frau nicht immer sicher. Ein kleines, mageres Kätzchen strich zwischen seinen Beinen entlang. „Das Kätzchen möchte zusehen", sagte sie lächelnd und band sich ihre glatten langen schwarzen Haare zu einem Pferdeschwanz.

Die Matratze war mit einem Laken bespannt, das sauber zu sein schien. An der Wand ratterte ungleichmäßig ein kleiner Ventilator. „Eine Klimaanlage gibt es leider nicht", sagte sie entschuldigend.

Neben der Matratze lag ein kleiner geflochtener Blütenkranz, einer von denen, die am Straßenrand verkauft werden, und die Taxifahrer sich an den Rückspiegel hängen, um den schlechten Geruch in den Fahrzeugen zu neutralisieren.

„Lege dich auf den Bauch", forderte sie ihn auf und fügte hinzu, als sie sah, dass er zögerte: „Ohne das Handtuch."

Pascual legte sich hin und fragte: „Ist das dein Raum?"

„Ja." Sie deutete auf die zweite schmale Matratze: „Und da schläft meine Schwester." Ein Fenster hatte der Raum nicht. „Und wo schläft die Katze?", scherzte Pascual. Sie lachte: „Die Katze macht was sie will."

Später deutete sie auf das bunte Band, das der Mönch an der großen Buddhastatue um sein Handgelenk gebunden hatte: „Das ist schön. Schenkst du es mir?" Pascual zögerte. Ihm fiel die Chinesin wieder ein, die er an der Statue hatte treffen wollen. War das Band nicht nur für ihn gewesen? Er würde es vermutlich ein ganzes Jahr lang oder länger tragen, es war seine Erinnerung an die vergebliche Hoffnung und alles Neue, das sich daraus noch ergeben würde. Also sagte er: „Ich kann es dir nicht geben, es ist für mich. Ich habe es von dem Großen Buddha, der eine halbe Stunde von hier entfernt ist. Dort kannst du eins bekommen." Sie sagte nachdenklich: „Da bin ich noch nie gewesen." Das wunderte ihn: „Es ist nicht weit." „Vielleicht fahre ich mal hin. Aber nicht, um ein Band zu bekommen. Mir gefällt dieses Band, weil es von dir ist. Weil es mich an dich erinnert."

Pascual schämte sich ein wenig, aber er gab ihr das Band nicht. Später als er allein im Hotel war, sah er seinen Koffer durch, ob er nicht irgendetwas dabei hatte, das er ihr stattdessen geben könnte. Aber da war nichts Geeignetes.

In den nächsten Tagen kehrte Pascual jeden Nachmittag zu diesem Raum zurück. Er fühlte sich hingezogen zu der schlanken Frau mit den langen Haaren und den schmalen Händen, die ihm vom ersten Augenblick an vertraut gewesen war. Obwohl sie es vorschlug, blieb er nie länger als zwei Stunden und lud sie auch nicht in sein Hotel ein. Nach drei Tagen befürchtete er, von den Berührungen ihrer Hände abhängig werden zu können. Sein Urlaub war fast zuende, ihm blieben noch zwei Tage auf dieser Insel , und die Aussicht, in Gefühle verwickelt zu werden, die sich seiner Kontrolle entziehen könnten, war ihm zu diesem Zeitpunkt überhaupt nicht recht. Also entschloss er sich, drei Orte weiter nach Nathon zu ziehen, weg von ihr, dorthin, von wo auch seine Fähre fahren würde.

Er packte seine Sachen, bezahlte die Hotelrechnung und ging mit seinem Koffer den kurzen Weg zu ihrer Baracke, um sich zu verabschieden. Aber sie war nicht da. „Sie kommt am Nachmittag", sagte ihm eine der anderen Frauen, „sie freut sich schon auf dich. Du kommst doch heute Nachmittag?" „Nein, ich reise jetzt ab, ich ziehe um." Er deutete auf seinen Koffer. „Bis heute Nachmittag kann ich nicht warten." Beinah war er froh, sie nicht angetroffen zu haben.

Als er wenig später in dem offenem Bus saß und auf dem Weg zu dem nächsten und letzten Ort seiner Reise war, spürte er ein wenig Traurigkeit. „Und doch ist es besser, so zu gehen, denn sonst wird die Verbindung zu eng. Und wie soll das dann weitergehen?"
Auf seinem Weg, am Straßenrand, sah er viele Plakate, auf denen immer dasselbe stand: „10th August. The Superday!" Alle anderen Worte auf den Plakaten konnte er nicht lesen, denn die waren in thailändischen Buchstaben. Heute war der neunte August. Er lächelte bitter. Der zehnte August würde wahrscheinlich kein Supertag werden.

Er fand eine gute und schlichte Unterkunft in einem neuen, flachen Gebäude. Direkt dahinter begann der alte Teil des Fischerdorfs. Nachdem Pascual sich geduscht hatte, schlenderte er durch diese Gassen.
In der hinteren Ecke eines überraschend weitläufigen Ladens, in den Pascual aus der Sonne auf gut Glück ge-

treten war, um irgendeines Schattens teilhaftig zu werden, stieß er auf ein Internetcafé. Einem unüberlegten Impuls folgend, schrieb er von dort seiner lang zurückliegenden großen, vergeblichen Liebe, die inzwischen eine langjährige Freundin geworden war, eine Nachricht. Er vermisste jemanden. Irgendjemanden. Danach fühlte er sich besser, offener, gereinigt. Als er wieder in die Sonne trat und seinen Weg fortsetzte, stellte er sich vor, dass sie mit ihm ging und neben ihm im Restaurant saß. Erst da fiel ihm auf, dass es eine Ähnlichkeit gab zwischen dieser früheren, vergeblichen Liebe und dem Mädchen aus der Baracke. Keine allzu offensichtliche Ähnlichkeit, aber eine verborgene Ähnlichkeit. „Irgendetwas zwischen dem Mädchen aus der Baracke, meiner vergangenen Liebe und mir ist deckungsgleich", dachte Pascual und hatte für eine Weile vergessen, wo er war. Als er das Essen auf dem Teller vor sich wieder entdeckte - offensichtlich befand er sich in einem Restaurant - aß er auf, bestellte aus Gewohnheit einen Kaffee, trank den zügig, stand auf, zahlte an der Theke, trat ins Freie und schlenderte weiter durch die Gassen.

Ihm fiel der kleine, hölzerne Vogel wieder ein, den er in der Nähe der großen Buddhastatue, am Verkaufsstand neben dem Fischteich, gesehen hatte. „Wäre der nicht eine schöne Erinnerung an diesen Urlaub?" Und weil er nichts anderes zu tun hatte, machte er sich in den Souvenirgeschäften des Fischerdorfs auf die Suche nach ebensolchem hölzernen Vogel; nicht weil er ihn kaufen oder besitzen wollte, sondern als Vorwand für eine andere, spätere Handlung, von der er zu diesem Zeitpunkt noch nichts wusste. Und so war es nur folgerichtig, dass er den Vogel an diesem Tag nirgendwo fand.

5.

Am nächsten Morgen ging Pascual sehr früh laufen. Die Sonne ging gerade erst auf, die Hitze war noch erträglich, und es gab kaum Verkehr. So konnte er die beiden großen Straßen des Ortes zu seinem Trainingsparcours machen: Am Hafen entlang und zurück über die Hauptgeschäftsstraße. Überall an der Strecke stand das Plakat „10th August. The Superday!", und es wurde vervielfacht, weil er mehrere Runden lief. Mit Gleichmaß und Ausdauer strömten die Worte mit jedem Atemzug auf diesem Lauf durch ihn hindurch. Dies war der Morgen des zehnten Augusts. „Ich könnte mit dem Bus noch einmal zu dem Ort fahren, an dem ich den Holzvogel gesehen habe." Auf dem vorletzten Kilometer seines morgendlichen Laufs hatte er diesen Gedanken zum ersten Mal. Der Holzvogel wäre ein schönes Souvenir. Außerdem würde der Bus an der Baracke mit der schlanken Frau vorbeifahren. „Es war blöde von mir, mich nicht zu verabschieden. Jede Stunde mit ihr war schön gewesen. Es war feige von mir, dass ich so davon gegangen bin. Sie war immer nett gewesen, und nie hatte sie etwas gefordert. Außer dem Armand." Pascual sah auf das Stoffband an seinem Handgelenk. Das war rührend von ihr gewesen. Und er hatte sich so hart und kalt verhalten. „Dabei war vom ersten Augenblick immer etwas Ver-

39

trautes, Freundschaftliches gewesen, das uns verband. Geht man so mit seinem Spiegelbild um? Stiehlt man sich einfach so davon? Wohl kaum."

Inzwischen hatte er geduscht und sich was Frisches angezogen, aber seine Gedanken kreisten weiter um sie. „Ich hatte Angst, dass ich zu viele Gefühle für sie entwickeln könnte. Ich hatte Angst mich zu verlieben, und das mir dann der Abschied zu schwer werden würde. Ich hatte keine Lust, die Rückreise mit einem gebrochenen Herzen anzutreten. Aber woher sollte ich denn wissen, dass das überhaupt passieren würde? Und selbst wenn! Was für einen Sinn sollte es haben, davor wegzurennen? Es war nicht richtig von mir, nach den stillen Stunden, die ich mit ihr in dem winzigen, fensterlosen Raum gehabt hatte, ohne einen Abschied wegzugehen." Und er entschied: „Nach dem Frühstück werde ich den Bus nehmen, bei ihr auszusteigen und mich anständig bei ihr verabschieden. Und dann werde ich weiterfahren und mir den Holzvogel kaufen." Sobald er diesen Entschluss gefasst hatte, fühlte er sich ganz ausgezeichnet.

Als Pascual die kleine Baracke zwei Stunden später erreichte, spürte er eine Mischung aus Freude und Nervosität. Keins von beiden ließ er sich anmerken. Sie war nicht da. Die anderen Frauen versicherten ihm, dass sie gleich wiederkommen würde, und sie hielten ihn an, dieses Mal auf jeden Fall zu warten. Etwas bemüht und holprig unterhielt er sich mit ihnen, erzählte von dem Holzvogel, den er noch zu kaufen beabsichtigte. Sie hatten sich nicht wirklich etwas zu sagen. Glücklicherweise kam sie bald.

Sie freute sich sehr, ihn nocheinmal zu sehen. „Du bist zurückgekommen." Er sagte: „Nur um mich zu verabschieden. Und ich dachte, vielleicht können wir unsere Emailadressen austauschen?" Sie nickte. Sie führte den Stift vorsichtig und schrieb langsam, eine Reihe aus Zahlen und Buchstaben, die er laut wiederholte. „Ja", nickte sie. Pascual streifte das bunte Band, das er am Großen Buddha bekommen hatte, von seiner Hand und band es um ihr schmales Gelenk. „Das wollte ich dir auch noch geben." Sie sah ihn nachdenklich an. Er sah sie an. Eine ganze Weile bewegte sich niemand von beiden. Schließlich stand sie auf: „Ich habe auch etwas für dich." Sie ging in den Nachbarraum und kam mit einem in Folie eingeschlagen Anhänger wieder. Es war ein Amulett. „Meine Eltern haben es mir gegeben, als ich mein Dorf verlassen habe." „Aber brauchst du es denn nicht selbst? Ich kann das nicht annehmen. Außerdem habe ich schon ein Amulett", er fasste sich an die Brust, um die der Anhänger eines früheren Jahres hing. „Das ist egal. Nimm es trotzdem. Es ist gut für dich", sagte sie.

Er war berührt von ihrer Geste, und dabei schien ihm ihr Geschenk zu groß zu sein. Aber er wollte sie auch nicht beleidigen, indem er es ablehnte. Also sagte er etwas betreten „danke" und steckte das Amulett in die Brusttasche seines Oberhemds.

Die anderen Frauen redeten nun mit ihr, leise und auf

thailändisch, er konnte sie nicht verstehen. Anscheinend hatten sie ihr von seinen Plänen erzählt, denn sie drehte sich um und schlug vor: „Ich habe ein Motorrad. Ich kann dich fahren. Wir kaufen den Holzvogel gemeinsam. Mit dem Motorrad ist es besser als mit dem Bus." Das war ein schöner Vorschlag. So würden sie noch ein klein wenig Zeit miteinander verbringen. Er nahm das Angebot gern an. Als sie zusammen auf dem Motorrad saßen - sie hatte darauf bestanden, dass er fuhr -, da war alles so selbstverständlich, so richtig und vertraut, als hätten sie niemals etwas anderes gemacht, als Hand in Hand ihren Plänen nachzugehen. Die Sonne schien, die Luft war tropisch dick, und das störte nicht, auch weil der Fahrtwind sie kühlte. „Wie absurd, dass ich bisher mit ihr diese Stunden in dem kleinen, fensterlosen Raum verbracht habe! Warum sind wir nicht längst schon und von Anfang an ins Freie gegangen? Es war doch immer alles möglich gewesen!", dachte Pascual und bog in die kleine Zufahrtsstraße, den kurzen Damm über das flache Meer, die zum Großen Buddha führte.

Mit ihr war es schön hier. Die Stimmung auf dem Areal war heiter. Die Frömmigkeit echt. Das Gefühl der Verlorenheit, die er gerade erst vor wenigen Tagen genau hier erlebt hatte, als er die Chinesin verpasst hatte, war nun sehr weit weg, so weit, dass es nicht gewesen zu sein schien, ein Irrtum der Erinnerung. Und doch war er genau von jenem Moment aus hierher geführt worden. Heute war alles schön. Er kniete mit ihr vor einem Mönch nieder, der segnete sie und band ihnen zwei gleichfarbige Bänder um das Handgelenk. Alles war nun richtig.

Federleicht verließen sie den Hügel, schauten ein wenig hierhin und dorthin. Nun, es war sein letzter Tag. Aber das spielte keine Rolle. Manchmal genügt der Ewigkeit ein einziger Tag , um sich vollständig auszubreiten.

Etwas später fanden sie den Stand, an denen jene eigenartigen kleinen Holzvögel verkauft wurden. Der Verkäufer erinnerte sich an Pascual, sprach mit ihr und machte ihm einen guten Preis: nicht zu günstig, um den Wert des Vogels nicht zu beschädigen.

Auf dem Rückweg stoppten sie an einem Strand, und sie sah zu, wie Pascual das letzte Mal in diesem Jahr im Meer badete und sich dabei freute, wie ein kleiner Junge. Sie beobachteten den Todeskampf einer Raupe im Sand, die von kleinen Ameisen bei lebendigen Leibe zerlegt wurde. Sie versuchte die Ameisen mit einem kleinen Stöckchen von der Raupe wegzustoßen, aber diese Angelegenheit war zu aussichtslos; dem Wirken der Ameisen sich in den Weg zu stellen ist aussichtslos. Eine ganze Weile hockten sie so nebeneinander im Sand und beobachteten die nun sehr kleine Welt, in der Sandkörner Felsbrocken waren.

Dieser Tag war ein Geschenk, es wäre eine Dummheit gewesen, ihn nicht miteinander verbracht zu haben.

Langsam, jede Sekunde auskostend, fuhren sie zurück zu der Baracke.

Sie redete wieder mit den anderen Frauen auf thailändisch, diesmal weniger leise und fröhlich. Sie zeigten den anderen das Armband, das ihnen umgebunden worden war. Nachdenklich betrachte Pascual den Spiegel im hinteren Teil des Raumes. Die letzten Tage war er ihm nicht aufgefallen. „Nun ist es Zeit, sich zu verabschieden", sagte er. „Wie kommst du zu deinem Hotel?", fragte sie. „Ich nehme den Bus." „Aber nein, ich fahre dich." Es fühlte sich gut an, den Abschied noch ein klein wenig hinauszuzögern.

Sie fuhren ein gute halbe Stunde über steile Streckenabschnitte, die hin und wieder einen Blick auf das Meer freigaben. Als sie ankamen, stand die Sonne schon sehr tief. Pascual bat sie, nicht bei der Unterkunft zu halten, sondern bei einem Restaurant, dass ihm an diesem Morgen beim Laufen aufgefallen war. Von hier hatte man, geschützt von Palmen, einen schönen Blick über einen kleinen Strand, das Meer, Sandbänke, die Ferne, den Himmel - und den Sonnenuntergang.
Wäre nicht eine Mahlzeit beim Anblick des Sonnenuntergangs ein schöner Ausklang des wundervollen Tages mit ihr? Zwei Silhouetten standen vor der tiefverfeindeten Sonne auf der Sandbank, und der Mann machte ein Foto von der Frau, dann gingen sie fröhlich und miteinander scherzend weiter. Rechts von dem Restaurant erstreckten sich die Hafenmolen. Pascual bemerkte, dass sie es nicht gewohnt war, in einem Restaurant zu essen. Sie wusste nicht mit der Speisekarte umzugehen und bat Pascual, ein Gericht für sie auszuwählen. Auch vermied

sie es, mit den Kellnerinnen zu sprechen, als stünde es ihr nicht zu. Am Strand hatte ein Hund seine Schnauze in eine aufgebrochene Kokosnuss gesteckt und bekam sie nun nicht mehr los. Aus der Ferne sah es aus, als hätte er einen Schnabel. Sie sahen es und lachten. Die Kellnerin brachte das Essen. Sie aß langsam, stumm und mit einer Andacht. Die immer tiefer stehende Sonne färbte die wenigen Wolken orange. Immer mehr Sandbänke kamen hervor und Verliebte spazierten darauf Hand in Hand. Im immer dunkleren Blau des Himmels stand eine hauchdünne Neumondsichel einem hellen Stern gegenüber. „Kennst du den Namen dieses Sterns?", fragte sie. „Das ist der Stern, der das Licht in die Nacht, die Dunkelheit bringt, weswegen die Römer ihn „Luzifer" genannt haben, „den, der das Licht bringt". Aber eigentlich ist es kein Stern, sondern ein Planet, der das Licht von der Sonne reflektiert: es ist die Venus." Sie nickte zufrieden: „Es ist schön."

Nach dem Essen war es dunkel. Nun standen unzählige Sterne am Himmel. Es war eine wundervolle Mahlzeit gewesen. Pascual fand, nun sei es Zeit, sich endgültig zu verabschieden. Sie widersprach: „Es ist schon dunkel. Ich sehe nicht so gut in der Nacht. Ich kann nun nicht mit dem Motorrad zurückfahren. Das ist zu gefährlich. Darf ich bis morgen früh bei dir schlafen?"
Er zögerte einen kleinen Moment. Aber was sollte jetzt noch schief gehen? In einer einzigen Nacht würde sie ihm kaum das Herz brechen. Und es war doch so selbst-

verständlich und folgerichtig, ihr die Übernachtungs-
möglichkeit anzubieten. Pascual nahm einen tiefen
Atemzug. Es war verlockend, noch einmal neben ihrem
schönen, schlanken, vollkommen nacktem Körper zu liegen. „Doch natürlich, das kannst du machen."

Schweigsam gingen sie nebeneinander an der Hafenmole
entlang, schauten zum Himmel, wo sich die unzählbaren
Sterne nur noch immer weiter vermehrten. Als sie in die
letzte enge Gasse kamen, sie vor ihm ging und ihre
schlanken Umrisse von einer matten Gaslaterne vor dem
Hintergrund der alten Holzhäuser unscharf umrissen
wurde, spürte er ein großes Glück in sich aufsteigen. Er
dachte: „Es ist die schönste Nacht meines Lebens. Was
für eine wunder-wundervolle Nacht mit einem Mal." In
Wirklichkeit aber war all das schon längst da gewesen;
er hatte es nur erst jetzt bemerkt.

6.

Am nächsten Morgen klingelte der Wecker noch vor
dem Sonnenaufgang. Sie sagte matt ins Kopfkissen ge-
presst: „Ich sterbe!" Pascual nahm sie in den Arm, eine
Sekunde, nicht länger. Dann sprang er aus dem Bett.
Nur keine Verzögerung jetzt. Der kleinste Stillstand
konnte einen Zweifel, ein Zaudern, einen Schmerz er-
zeugen. Kein Innehalten, weiter, jede seiner Bewegung
war schnell und präzise, ein Fluss, der dem vorgegebe-
nen Lauf nur folgt. Die Nacht war wunderschön gewesen. Dem war nichts hinzuzufügen. Den Koffer hatte er
am Vortag bereits gepackt. Seine Sachen hatte er schon

angezogen, als sie ihn irritiert aus dem Bett fragte: „Duscht du nicht?" „Nein." „Kann ich noch duschen." „Ja, aber beeile dich. Fünf Minuten. Ich muss zur Fähre."

Keine zehn Minuten später, noch immer im Dunkeln und schlaftrunken standen sie vor der Unterkunft, neben ihrem Motorrad. „Ich kann dich zur Fähre fahren", schlug sie vor. „Nein, mit meinem großen Koffer, das ist unpraktisch. Ich nehme ein Taxi. Gleich da, hinter der Ecke, stehen welche." „O.K.", sagte sie nachdenklich. Nur keine Verzögerung. „Der Tag gestern mit dir, der Nachmittag, der Abend, die Nacht, war so schön. Es war ein Supertag! Vielen, vielen Dank. Und alles Gute!" Sie standen sich gegenüber und nahmen sich nicht noch einmal in den Arm, sondern machten nur eine zaghafte Winkbewegung mit der schüchtern in Schulterhöhe gehaltenen Hand. Ihre Bewegungen und ihre Mimik in diesem kleinen Moment waren vollkommen im Einklang. Liebevoll sah Pascual sein Spiegelbild an. Dann blinzelte er einmal mit den Augen, drehte sich um und ging zügig in Richtung des Taxistands. „Wenn du nächstes Jahr nach Thailand kommst, kannst du mich ja besuchen!", rief sie ihm hinterher. Er drehte sich noch einmal um: „Nächstes Jahr fahre ich vielleicht nach Indien!" Sie sagte nichts mehr, lächelte ein klein wenig und winkte noch immer zaghaft in seine Richtung. Er winkte noch einmal zurück - und bog um die Ecke.

Am Taxistand war kein einziger Wagen. Kein Mensch war auf der Straße. Doch, eine Frau saß etwas entfernt am Straßenrand und schaute in einen kleinen Beutel. Pascual ging zu ihr und fragte: „Hallo. Warum sind denn jetzt keine Taxis da?" Sie sah ihn überrascht an: „Die Taxen kommen frühstens in zwei Stunden." Er machte ein betroffenes Gesicht: „Haben Sie eine Idee, wie ich rechtzeitig mit meinem Gepäck zu dem kleinen Fähranleger kommen kann?" Ohne aufzustehen hob sie die Hand - ein ganz klein wenig - als ein einzelner Pick-up sich näherte. Der Fahrer stoppte und wechselte durch sein offenes Fenster einige Worte mit der Frau. „Du kannst mit ihm mitfahren", sagte sie dann. Fünfzehn Minuten später war Pascual am Fähranleger.

Irgendwie ging alles glatt, schien richtig zu sein und geschah von allein. Er ritt noch auf den Flügeln der Euphorie der gerade erst vergangenen Nacht. Es störte ihn nicht, auf die Fähre zu warten und sich inmitten einer kleinen Menschenmenge auf das Deck zu drängeln. „Es war doof von mir gewesen, dass ich gesagt habe, ich fahre nächstes Jahr vielleicht nach Indien. Ein blöder Satz zum Abschied", dachte Pascual. Er nahm sich vor, ihr gleich, wenn er zuhause angekommen war, eine Email zu schreiben. Natürlich war es auch sehr ehrlich gewesen. Nur keine falsche Hoffnung. Die vergängliche Blüte des Moments allein. Dennoch, dieser Gedanke schien ihm ein wenig zu groß, zu dramatisch zu sein. Das mussten nicht die letzten Worte sein. Er konnte das berichtigen, verbessern. Er würde dem weitere Worte hinzufügen, „ich werde ihr schreiben, ich habe ihre

Adresse!" Er zog den kleinen Zettel, den sie ihm gegeben hatte - in diesem Moment sein Schatz - hervor und entfaltete ihn. Er schaute darauf und musste lachen: Buchstaben und Zahlen. „Ich kenne gar nicht ihren Namen!"

7.

Der Raum war dunkel, das Bett hart. Pascual schlug die Augen auf und war noch nicht vollständig wach. Er ahnte im Dunkel den Schattenriss einer Palme, er war in Thailand, schon seit einigen Wochen, er fühlte sich wohl. Wo bin ich? Alle paar Tage hatte Pascual den Ort gewechselt, war nie lange irgendwo geblieben. Seine Augen hatten sich ein wenig an das beinah Lichtlose gewöhnt. Die Palme war eine Zimmerpalme. Er war in seiner Wohnung, er war zuhause, in Deutschland, er war nicht mehr in Thailand, der Urlaub war schon vorbei. Der Übergang ist immer schwierig. Der Rückflug war leicht. Man setzte sich in ein Flugzeug und wartete elf Stunden ab. Man schaute aus dem Fenster, sah sich einen Film an, aß, trank, döste ein wenig und kam schließlich recht müde in seinem Heimatort an. Dort packte man den Koffer noch nicht gleich aus, stellte fest, dass die eigene Wohnung recht schön war und als Hotelzimmer sicher nicht billig wäre. Den Pflanzen ging es gut, ein Freund hatte sie in der Abwesenheit gegossen. Eine diffuse Traurigkeit stieg in ihm auf, das Gefühl eines Verlustes, den er nicht näher benennen konnte.

Er stand auf - es war deutlich kühler als in den Wochen zuvor - und zog einen der Vorhänge auf. Die Sonne war noch nicht aufgegangen. In Thailand war es schon Vormittag. Er fühlte sich unvollkommen, unvollständig, er war nicht komplett. Etwas von ihm war noch in Thailand. Für den schlafenden Teil des Bewusstseins ist die Rückreise nicht so einfach. Er stellte sich vor den Spiegel und schilderte seinem Gegenüber diesen Eindruck. Aber es war nicht sie. Sie war jetzt nicht mehr da.

Er ging in die Küche und erhitzte Wasser für einen Kaffee. „Kaum bin ich wieder hier, falle ich in alte Gewohnheiten zurück", dachte er. Er setzte sich in einen Sessel, besah das erste Morgenlicht und nippte an dem Kaffee, der besser schmeckte als in Thailand.

Seine Gedanken wanderten ziellos zwischen den ersten Sonnenstrahlen umher. Es dauerte immer ein Weile, bis man sich mit den Regeln der anderen Seite synchronisiert hatte, bis man vollständig in das Land eingetaucht war.

Etwas war grundsätzlich anders: Er war ein anderer.

8.

Vergeblich versuchte Pascual ihr in den nächsten Tagen eine Email zu schicken. Anscheinend stimmte etwas mit der Adresse nicht. Er vermutete einen Buchstabendreher und probierte ähnliche Möglichkeiten aus. Er fertigte eine Liste von allen versuchten Kombinationen an, damit er weder eine übersah, noch sich versehentlich wiederholte. Als die Liste schon sehr lang war, und alle Versuche vergeblich blieben, sah er ein, dass er ihr keine Email würde senden können.

Er überlegte, ob er ihr nicht stattdessen einen altmodischen Brief schicken könnte. Zwar kannte er nicht die Adresse der kleinen Baracke, aber er hatte eine Visitenkarte seines Hotels in dem Ort.

Der Straßenname und die Postleitzahl mussten identisch sein. Er schaute seine Urlaubsfotos sorgfältig durch. Und tatsächlich, da war ein Doppelzahl zu erkennen, an der Außenwand der Baracke, die im Hintergrund zu sehen war. Das musste die Hausnummer sein.

Nur ihren Namen kannte er nicht. Also schrieb er die Zahl von dem Foto, den Straßennamen der Hotel-Visitenkarte und „Frisiersalon"auf den Umschlag. Er legte einige von den Fotos, die er von ihr gemacht hatte, mit hinein. Sicherlich würde eine der Frauen an der Bar in dem Raum mit dem Spiegel den Umschlag öffnen und dann anhand der Fotos erkennen, an wen der Brief gerichtet war.

Erst drei Monate später kam der Brief zurück. Über die Adresse war in dicken roten Buchstaben gestempelt: „Refused".

In Deutschland ticken die Uhren anders. All sein Erleben an jenem Supertag kam ihm zu diesem Zeitpunkt schon sehr weit weg vor. Die Erinnerung war dadurch nicht weniger schön und genauso zauberhaft, nur eben auch etwas unwirklich, so als sei es vielleicht gar nicht geschehen. Also sagte er fest zu sich selbst: „Es ist ein Zeichen, dass der Brief nicht zustellbar ist. Ich sollte nicht mehr daran rühren. Der 10. August ist ein Supertag gewesen. Und er war unter anderem deswegen so schön, weil er vergänglich war, weil die Sache zwischen ihr und mir zu keinem Zeitpunkt eine Zukunft gehabt hatte. Und gerade in dieser Kurzlebigkeit lag die Schönheit. Es war die Blüte eines Augenblicks. Und Blüten sind nicht zu konservieren. Und darum will ich daran jetzt nicht mehr rühren." Und also wandte er sich stattdessen umso mehr dem Alltäglichen zu, das ihn in Deutschland umgab. Es gibt ein Universum neben uns, das wir nicht vergessen dürfen; und er vergaß es.

Im Dezember, vier Monate nach seinem Urlaub, einen Monat nach dem Erhalt des unzustellbaren Briefs, bekam Pascual eine neue Arbeitskollegin. Sie verstanden sich gut, unwahrscheinlich gut. Sie blieb nach Feierabend länger, als sie musste, und als nur noch sie da waren, streiften sie durch das verwaiste Gebäude ihrer Arbeit und erzählten sich absonderliche Mosaiksteine ihres Lebens. Sie waren fasziniert voneinander. Und wenn sie sich spät in der Nacht im Regen verabschiedeten, waren alle Tropfen zum Bersten angefüllt mit Freude und zerplatzten auf ihren Wangen. Er bemerkte durchaus, dass sie auch mit anderen flirtete und allgemeine Bereitschaft signalisierte; aber das störte ihn nicht, denn es stand völlig außer Zweifel, dass am Ende nur er als der Passende übrig bleiben konnte. Zwei, vielleicht drei Monate lang konnte Pascual diese Illusion aufrecht erhalten. Dann musste er allmählich einsehen, dass die Angelegenheit auch anders ausgehen könnte. Sein Flugticket nach Thailand für den kommenden Sommer hatte er bereits gekauft, bevor der unzustellbare Brief zurück gekommen war. Diese bereits gebuchte Reise war nun äußerst störend, denn es würde ihn von der neuen Kollegin zu der schönsten Zeit des Jahres entfernen. Weil er das nicht wollte, und ihm keine bessere Lösung einfiel, versuchte er, sie zu überreden, mit ihm nach Thailand zu fliegen.

Die drei Monate vor seiner Reise waren nicht schön. Sie würde nicht mitkommen können, denn sie hatte andere Verpflichtungen. Sie würde nicht können und hatte Verpflichtungen, weil sie nicht wollte. Auch wenn Pascual es sich noch nicht eingestand, war doch schon klar, dass diese Angelegenheit keinen guten Ausgang nehmen würde. Gleichzeitig hatte er überhaupt keine Lust, im Juli allein in den Urlaub zu fliegen, ohne sie, weg von ihr, in die falsche Richtung also. Darüber hinaus fürchtete er, in dem anderen Land so viel zu erleben, dass der zarte Faden, der sie noch verband, reißen könnte. Er kannte das Land, die Reisen dorthin, niemals kam er als der Gleiche zurück, immer war er hinterher ein anderer. Aber genau das wollte er nicht, er wollte sie nicht vergessen - und darum wollte er nicht fliegen, nicht ohne sie.

9.

Als Pascual Anfang Juli schließlich doch in den siebenwöchigen Urlaub flog, hatte er noch immer nicht die geringste Lust dazu, und zog in Erwägung, vorzeitig zurückzukehren.

In der ersten Woche des Urlaubs war alles falsch. Nichts konnte er genießen und jeder neuen Begegnung ging er aus dem Weg.

An jedem neuen Ort stellte er sich vor, wie es wäre, mit seiner Kollegin zusammen dort anzukommen. Er schrieb ihr eine Email: „Falls sich bei dir die Verhältnisse ändern, dann zögere nicht und komme hierher, ich hole dich vom Flughafen ab!" Und egal wohin er weiterfuhr, immer wusste er, wie lange er von dort bis zum Flughafen von Bangkok brauchen würde, falls sie antworten würde, und nie war er mehr als vierundzwanzig Stunden entfernt.

Er schrieb ihr zwei weitere Nachrichten, die sie auch nicht beantwortete.

Wenig später erreichte er mit einem kleinen Schnellboot die Insel Yao Yai, die seltsamerweise von keiner Fährlinie angefahren wurde. Auf dieser sehr großen Insel gab es nur sechs luxeriöse Unterkünfte, die sich auf Hochzeitsreisende oder chinesische Reisegruppen spezialisiert hatten. Pascual hatte schon vermutet, dass hier nicht viel zu erleben war. Die wenigen Einwohner waren Moslems und es war Ramadan. Die wenigen Restaurants und Essensstände außerhalb der Hotelanlagen hatten den ganzen Tag geschlossen. In einem anderen, längst vergangenem Jahr hatte er davon geträumt, auf eben dieser Insel an einem bestimmten Punkt zu sein. Im Traum hatte er diesen Punkt auf einer Landkarte gesehen. Und in diesem Urlaub hatte er sich das Erreichen dieses Punktes als Ziel gesetzt, damit es etwas gab, auf das er sich zu bewegen konnte. Dies war alles, was er vorhatte, in den ganzen sieben Wochen. Er mietete sich ein Motorrad und fuhr über eine lange, einsame, nur von wenigen Hütten gesäumte Straße dort hin. Auf den letzten Kilometern, bogen sich riesige Palmenwedel zentnerschwer vor gelbgrüner Trockenheit über die schmale Straße, der Torbogen zu einem vergangenen Traum. Ein weites Stück unberührte Wattenmeerlandschaft lag vor ihm. Er verweilte dort den ganzen Nachmittag. Er beobachtete die unzähligen Krebse und die Bewegungen der Schlammspringer, die er noch niemals zuvor gesehen hatte. Dann fuhr er zurück zu seiner Unterkunft. Als er am nächsten Morgen joggen ging, übersah er einen kleinen Stein, der auf dieser einzigen Straße der Insel lag, trat darauf und knickte um, verletzte sich den Fuß und musste den Lauf abbrechen. Da erinnerte er sich schlagartig, dass er sich beinah auf den Tag genau ein Jahr zuvor auf einer anderen Insel an dem gleichen Fuß dieselbe Verletzung zugezogen hatte.

In der gleichen Sekunde verstand Pascual, dass es keinen Sinn machte, noch weiter auf seine Arbeitskollegin zu hoffen. Und es war noch schlimmer: er hatte sich seit einem geschlagenen Jahr im Kreis bewegt.

Wem keine Wahl bleibt, der hält am Besten still. Pascual blieb stehen und setzte den Fuß vorsichtig auf. Es tat weh, aber nicht so sehr wie beim letzten Mal. Diesmal war er etwas glimpflicher davon gekommen. Unschlüssig, ich welche Richtung er sich wenden sollte, lief er vorsichtig einige Schritte weiter, kehrte dann um, zum Hotel, bandagierte den Fuß und saß eine Weile nachdenklich. Wohin nun? Warum war er im Kreis gelaufen? Wieso hatte er es nicht gemerkt? Wie war dem Kreis zu entkommen? Oder hatte der Kreis einen Sinn? Wohin sollte er sich von hier aus wenden? Alle Richtungen standen ihm offen. Was war zu tun, um nicht wieder im Kreis herum geführt zu werden?

Er reiste über vier weitere Inseln. Der zurückgebliebenen Kollegin schrieb er nicht mehr. Möglichst wenig plante er im voraus. Sein Fuß gesundete schnell. Vier Wochen später, beinah völlig genesen, erreichte er die Insel Samui. Er erinnerte sehr wohl den einen Supertag, den er im letzten Jahr im Norden der Insel mit seinem Spiegelbild gehabt hatte. Aber das schien jetzt sehr weit weg zu sein, das schien auf einer ganz anderen Insel gewesen zu sein. Er hatte nicht vor, zu jenem Dorf wieder hin zu gehen. Er hatte nicht vor, sie wieder zu treffen. Er fuhr nicht in den Norden der Insel. Er nahm sich ein Zimmer an der lebhaften Ostküste. Und ihm fiel gar nicht auf, dass er genau das Gleiche auch im Vorjahr gemacht hatte.

10.

In dem Ostküstenort Lamai gibt es einen Mann, der vielleicht nur im Sommer dort ist. Pascual hatte ihn vor zehn

Jahren, als er selbst noch ein junger Mann gewesen war, schon einmal gesehen. Er sah aus wie ein Nordamerikaner, er war blass, untersetzt und immer Anfang fünfzig. Er geht am Strand und der Strandstraße entlang, seine thailändische Frau und ihre Tochter folgen ihm im Gänsemarsch, und alle Singen dabei „Harie, harie harie, harie krischna, harie langna, harrie harrie, harrie krischna." Die Frau schlägt eine kleine Rassel zu dem eingängigen Singsang. Manchmal singt die ein oder andere burmesische Souvenir-Shirt-Verkäuferin ein wenig mit, aber noch nie hatte Pascual gesehen, dass sich ein Vierter den Dreien anschloss.

Als er in diesem Jahr wieder in Lamai war, glaubte er, diese Familie sei nicht mehr da. Aber er täuschte sich. Am dritten Tag sah er sie doch.

Ihr Gesang schien desillusionierter geworden zu sein. Immer mehr Bauten für Pauschaltouristen hatten dem kleinen Ort eine Menge seines ursprünglichen Charmes geraubt. Pascual hatte nichts vor und keine Richtung, in die er sich wenden könnte, und er dachte: „Vielleicht sollte ich mich für ein paar hundert Meter den Dreien anschließen, um ein kleines Zeichen der Sympathie zu setzen." Doch als der Mann an der Spitze der Dreiergruppe Pascual aus der Entfernung sah, schien er ihn zu erkennen oder etwas Unheilvolles zu erahnen. Er änderte die Richtung abrupt, und innerhalb weniger Sekunden verschwand die kleine Gruppe aus Pascuals Blickfeld. So bekam er nicht die Gelegenheit mit ihnen zu singen.

Am nächsten Tag fuhr er zu dem Tempel, vor dem seit Jahrzehnten ein mumifizierter Mönch im Glaskasten saß. Genau diesem Tempel auf Samui war er bisher aus dem Weg gegangen, denn die Vorstellung, einen mumifizierten Menschen betrachten zu müssen, erschien ihm unangenehm. Aber als er den Leichnam sah, kniete er vor ihm nieder, und als er ihn ansah, hatte Pascual ein gutes Gefühl und nichts daran war erschreckend, beklemmend oder unangenehm. Seltsam erfreut und um einiges leichter verließ er den Ort.

Als er nach Samui gekommen war, hatte er nicht vor, seinem Spiegelbild aus dem letzten Jahr wieder zu begegnen. Ihre Emailadresse war falsch gewesen, und sein Brief war nicht angekommen, dass war Zeichen genug. Außerdem arbeitete sie vermutlich sowieso längst woanders, schließlich war sie nicht von dieser Insel.

Aber nun, als er vom Tempel des mumifizierten Mönchs wegfuhr, erschien es ihm auf einmal unanständig zu sein, nicht wenigstens zu versuchen, ihr „hallo" zu sagen.

Er würde also nur einen harmlosen kleinen Tagesausflug in den Norden der Insel machen und konnte hinterher sagen: „Ich habe versucht, sie wieder zu treffen."

11.

Am nächsten Morgen fuhr Pascual nicht die stark befahrene Ringstraße, sondern den einen einzigen anderen Weg, der einsam und schmal steil durch die Berge führte, quer über die Insel bis zu dem kleinen Ort Mae Nam an der Nordküste. Seine Aufgeregtheit wuchs, je näher er dem Ort kam. Jetzt erst wurde ihm klar: Die Begegnung, die er hier im letzten Jahr gehabt hatte, war von Gewicht gewesen. Warum denn hatte er nicht längst geguckt, ob sie noch da war?

Er stieß auf die Ringstraße, fuhr in den Ort hinein, erkannte die Baracke, wendete auf der Straße und stoppte das Motorrad direkt vor dem Eingang, stieg ab und ging hinein. Im hinteren Teil des Raums hing kein Spiegel mehr. An dem Tresen stand die ältere Frau, die im letzten Jahr zu ihm gesagt hatte „sie hat einen eigenen Raum". Neben ihr saß eine jüngere Frau, die Pascual nicht kannte.

„Hallo. Ich erinnere mich an dich", sagte er zu der Älteren. Sie sah ihn zögernd an, versuchte ihn einzuordnen und sagte schließlich ohne rechte Überzeugungskraft: „Ach du bist es." Nach kurzer Überlegung fügte sie hinzu: „Die Mädchen aus dem letzten Jahr sind alle weg. Sie sind zurück in ihre Dörfer gegangen, weit weg von hier. Adressen oder Telefonnummern habe ich nicht. Aber ich habe diese Frau", sie deutete auf die Junge neben sich, „sie kann dich massieren, sie hat einen eigenen Raum."

Er sah zu der Jüngeren. Sie war vollkommen uninteressant für ihn. Einen winzigen Moment überlegte er, ob er mit ihr gehen sollte, nur um den Raum, in dem er im letzten Jahr so heilsame Stunden verbracht hatte, wiederzusehen, verwarf das aber sofort und sagte stattdessen: „Danke, ich hatte gehofft meine Freundin aus dem letzten Jahr hier wiederzutreffen." Niemand antwortete ihm. Eine Weile war Schweigen. Er nickte den beiden zu und stieg wieder auf das Motorrad.

Er war enttäuscht und erleichtert gleichzeitig. Vielleicht war es besser, sie nicht wiederzutreffen. Er würde in Nichts verstrickt werden, und die kurze Zeit mit der Namenlosen aus dem letzten Jahr, der Supertag, blieb groß und unantastbar in seiner Erinnerung. Das hätte weder wiederholt noch weitergeführt werden können. Eine unerwartete Blüte, plötzlich entfaltet in der endlichen Bahn seiner Lebenszeit, schnell vorüber, zurückgelassen und doch unvergesslich. Welchen Sinn sollte es haben, ihr Trocknen und Welken noch zu betrachten? Hatte er das nicht vor einem Jahr schon gedacht?

Als Pascual das Motorrad gerade starten wollte, sah er einige Baracken weiter zwei Frauen sitzen, von denen eine forschend zu ihm hinübersah. War sie das denn nicht? Er war sich nicht sicher, stieg wieder ab und ging zu ihnen herüber. Als sie sich gegenüberstanden, erkannte er sie. Sie nahm ihn in den Arm, er sie, gleichzeitig, sehr kurz und nur sehr flüchtig, so dass ein zufälliger Beobachter es kaum bemerkt hätte, und doch war es gewesen. Sie hatte ihn schon wieder losgelassen und lachte, fast schien es, als hopste sie vor Freude auf der Stelle, aber das tat sie nicht. Er bemerkte, dass sie etwas von ihrem Glanz verloren hatte, sie wirkte blass und war vielleicht sogar krank. Sie sah ihn spöttisch an und sagte: „Letztes Jahr warst du sexy, nun bist du alt." Aber es sah nicht aus, als ob es sie stören würde. Sie standen sich eine Weile gegenüber, staunten, wie sehr die wenige Zeit - war es nicht gerade gestern gewesen? - sie abgenutzt hatte, und sie doch verbunden geblieben waren. Was sollten sie jetzt miteinander machen?

„Wollen wir etwas essen gehen?", schlug Pascual vor. Er sah einen goldenen Ring an ihrer Hand und fragte: „Hast du einen Freund?" „Nein, nein, ich habe keinen Freund", beteuerte sie schnell. Pascual deutete auf die ältere Frau, die ihn wohlwollend beobachtete, und auf den Massageraum, vor dem sie saßen: „Musst du arbeiten? Oder bist du frei?" „Ich kann kommen und gehen wie ich will", sagte sie und nickte dazu wie zur Bestätigung energisch mit dem Kopf. „Ich bin frei. Niemand ist mein Boss." Er wiederholte seinen Vorschlag: „Dann lass uns was essen gehen." Er schlug das vor, weil er keine Ahnung hatte, was er jetzt tun sollte. War er nicht nur hierher gekommen, um 'hallo' zu sagen? So Vieles war seit der letzten Begegnung geschehen. Aber wo war dieses Viele jetzt?

„Wo wollen wir hingehen?", fragte sie. Er zuckte mit den Achseln: „Schlage du etwas vor, du kennst dich hier aus."

Sie stieg zu ihm aufs Motorrad und führte ihn über kleine, stille Straßen in unmittelbarer Nähe des Meeres bis zu einem etwa fünf Kilometer entfernten, halboffenem Restaurant, das gleichzeitig auch eine Bildergalerie war. Es gab nur sechs Tische mit Blick auf einen großen Garten, sie waren die einzigen Gäste.

Sie begrüßte die Frau, die im Hintergrund saß und Gemüse wusch. Die beiden kannten sich und schienen ein freundschaftliches Verhältnis miteinander zu haben. Ihr gehörte das Restaurant. Sie kochte nicht nur, sondern malte auch die Bilder, die zum Verkauf aushingen und im Nachbarraum an den Wänden gestapelt standen. Ihr kleines Mädchen spielte zwischen den Tischen. Es war ein idyllischer Ort voller Wohlwollen. Der Platz war gut gewählt. Für einen Moment fragte Pasqual sich, ob es vielleicht eine ihrer Stärken war, ein besonderes Ambiente zu finden oder entstehen zu lassen.

Noch vor dem Essen setzte er die Absicht um, die er sich auf der Fahrt durchs Inselinnere vorgenommen hatte, für den unwahrscheinlichen Fall, sie tatsächlich anzutreffen: keine falschen Hoffnungen wecken. Also erklärte er ihr, dass er nur gekommen war, um 'hallo' zu sagen. Ihm sei klar geworden, dass er eine dauerhafte Beziehung nur mit einer Frau aus seiner Heimat führen könne. Thailand war einfach zu weit weg. Er erzählte ihr auch von den Erlebnissen, Hoffnungen und Enttäuschungen, die er mit seiner neuen Kollegin gehabt hatte. Nichts desto trotz sei der 10. August im letzten Jahr ein so großartiger Tag gewesen, dass er ihn niemals vergessen werde. So habe er lange nicht gewusst, wie er sich richtig verhalten solle. „Ich habe lange gezögert, ob ich versuchen soll, dich an diesem Ort wiederzutreffen. Ich wusste ja auch noch nicht einmal, ob du noch hier bist. Ich hatte dir einen Brief mit Fotos geschickt, und der ist zurückgekommen." Die ganze Zeit hatte sie nichts gesagt, nun unterbrach sie ihn: „Warum hast du den nicht mitgebracht?" Er sah sie verdutzt an: „Aber ich wusste doch nicht, ob..." er unterbrach seinen Satz, änderte seine Antwort und stimmte ihr zu: „Du hast recht, ich hätte ihn wirklich mitbringen sollen." Dann fuhr er fort, während sie still und langsam begann zu essen: „Aber trotzdem, es war nicht sicher, ob ich wirklich hierher kommen würde. Doch dann auf einmal, gerade gestern, schien es mir vollkommen abwegig, mich nicht zu melden, nach dem Außergewöhnlichen, das wir im letzten Jahr miteinander erlebt haben."

Sie hatte aufmerksam zugehört, ab und zu genickt und zwischendurch einmal mit dem kleinen Kind gescherzt, das an ihren Tisch gekommen war.

Nach dem Essen lud sie ihn ein, mit zu ihr zu kommen. Sie schlief nun nicht mehr in dem winzigen Verschlag im Inneren der Frisiersalon-Baracke. Sie hatte sich einen eigenen Raum gemietet. Er war ebenerdig, weiß gestrichen, hellblau gefliest und fast vollständig leer. Ihr Motorrad - dasselbe wie im letzten Jahr - stand im Inneren, ein Ventilator und eine kleine Spiegelkommode mit einem Hocker davor. Alles war sehr sauber.

Eine Seite des Raums war eine Glasfront aus Schiebetüren, Eingangstür und Fenster zugleich. Als der Vorhang daran zugezogen war, umarmten sie sich, zärtlich, die unwirklichen Grenzen des anderen erahnend und beinah ohne sich überhaupt zu berühren. All dies geschah ohne das Zutun einer Entscheidung oder nur eines

Gedankens, ihre Körper taten es von allein, von einer physikalischen Selbstverständlichkeit bewegt. „Good to see you again", sagte Pasqual leise. „Kaa", erwiderte sie. Und für einen Moment waren sie eins, und es war wieder der Supertag des Vorjahres.

„Möchtest du wirklich nicht hier schlafen?", fragte sie. „Du kannst die andere Matratze haben", sie deutete auf einen kleinen Nebenraum: „Meine große Schwester ist nicht da, sie besucht für einige Tage meine Familie im Norden."
Ihre Schwester war nicht mit ihr verwandt, sondern eine Freundin, mit der sie sich vor einigen Jahren aus demselben Dorf in Richtung Süden aufgemacht hat, um eine Arbeit zu finden.
Beinah schien es, als hätte sie ein Jahr darauf gewartet, ihm dieses Angebot zu machen, als habe sie sich diesen Raum gemietet, um hier eine Nacht oder mehrere mit ihm verbringen zu können. Pascual spürte, er musste nur 'ja' sagen und weitere Supertage würden folgen. Ihre Hoffnung würde sich erfüllen und eine ganz neue Handlung würde in Gang gesetzt werden. Vor seinem geistigen Auge sah er, wie er auf der sehr dünnen Matratze am Boden des Raums auf dem Rücken lag, und sie mit einem Handtuch um ihren schmalen Körper geschlungen aus dem kleinen Waschverschlag kam, noch nicht ganz trocken, die langen, glatten, schwarzen Haare schwer tropfend, sie sich nackt auf ihn setzte. Eine Tür zum Himmel hatte sich geöffnet. Er musste nur ein Wort

sagen, und er würde eintreten können; er musste nur 'ja' sagen. Er sagte: „Nein."

Natürlich hatte er Lust gehabt, mit ihr in diesem schlichten Raum zu schlafen. Das wäre ganz anders gewesen, als die Nacht im Hotel zu verbringen. Er konnte sich vage vorstellen, dass nur das Aufwachen in diesem Raum schon ein kleines Wunder gewesen wäre. Und wer weiß, wohin das geführt hätte? Er sah sich wenige Jahre später seine Arbeit aufgeben und zu ihr in dieses Land ziehen. Vielleicht hatte er deswegen gezögert? Er ahnte, dass es etwas Großes werden würde. Wartete nicht irgendwo in seinem Land die Richtige auf ihn? Vielleicht konnte es doch noch mit der neuen Kollegin gelingen, wenn er zurückkam? Und wenn nicht, würde der Kollegin nicht eine andere nachfolgen? Wäre das nicht viel einfacher? Beides war nicht möglich. Wenn er durch die Tür des Himmels, die ihm hier auf einmal offen stand, ginge, würde sich eine andere Tür für immer verschließen.

Wenig später fuhr er mit dem Motorrad wieder zurück auf die andere Seite der Insel. Sie war da gewesen. Sie hatten sich wiedergesehen. Es war, als würden sie direkt an den Supertag anknüpfen. Und doch hatte er 'nein' gesagt. Darüber musste er eine Nacht schlafen. Er hatte ihr seine Lage erklärt. Hatte sie das verstanden? Sein 'nein' war halbherzig gewesen. Sie hatten sich für den nächsten Tag verabredet. Er wollte sich die Tür noch offen halten. Er brauchte Zeit zum Nachdenken. Doch was er nicht wusste: Wenn sich dir eine Tür in den Himmel öffnet, gehst du entweder sofort hindurch oder nie. Und wenn es mehrere Türen gibt, dann darfst du nicht zögern, nimm eine! Wenn du abwartest, und versuchst, dir mehrere Türen offen zu halten, verschließen sich alle. Und du bleibst im Flur stehen. Aber auch das ist eine Tür. Es ist die Tür, über der steht: „Ich habe versucht, mir alle Türen offen zu halten, und nun haben sich alle geschlossen." Auch diese Tür führt irgendwo hin. Aber nicht in den Himmel. Pascuals Glück war, dass er all das nicht wusste.

Er fuhr mit dem Motorrad durch die Berge. Nur er, der warme Fahrtwind, die sanften Kurven, der blaue Himmel. Für den nächsten Tag waren sie verabredet. Er würde wieder zu ihr fahren. Darauf freute er sich.

Es blieb nicht bei dem einen Tag. Sie verbrachten zwei weitere unschuldige Tage miteinander. Einmal mussten sie sehr lachen, als sie feststellten, dass sie ihre Namen einander nicht kannten. „Ich heiße Pascual", sagte er. „Wie konntest du das vergessen!", fügte er mit gespielter Empörung hinzu. Sie kicherte ohne Verlegenheit: „Aber du bist es doch. Du bist du. Deinen Namen brauche ich nicht zu kennen. Ich habe dich nicht vergessen." Und in den nächsten Stunden erwähnte sie immer mal wieder das ein oder andere winzige Detail aus ihren gemeinsamen Stunden im letzten Jahr. Sie erinnerte nicht nur jede Nebensächlichkeit vollkommen deutlich, sondern wusste auch, was Pascual mit seinen Augen gesehen hatte, und welches davon er noch erinnerte. Jedes noch so winzige Bruchstück der gemeinsamen Vergangenheit beschrieb sie punktgenau. Einen Namen brauchte sie nicht.

„Und möchtest du mir nicht deinen Namen sagen?", fragte er. Sie senkte den Blick und schien wirklich verlegen zu sein. „Mein Name ist doch nicht wichtig. Was ist schon ein Name, wenn wir uns gegenüberstehen und in die Augen sehen können?" Und er stimmte ihr zu, und sie blieb namenlos.

Die beiden Tage waren schwerelos, sie ließen einfach die Zeit vorüberfließen und zeigten sich gegenseitig Orte, die ihnen gefielen. An den Abenden verabschiedeten sie sich, denn Pascual vergaß nie, dass er nur gekommen war, um in aller Freundschaft 'hallo' zu sagen.

In den Nächsten allein in seinem Hotelzimmer kam er zu der Einsicht, dass dieser Zustand des freudigen Miteinanders nicht ewig in dieser Unverbindlichkeit weitergeführt werden könnte. Also entschied er sich, allein weiterzureisen.

Die Fähre, die ihn zwei Inseln weiter bringen sollte, fuhr von dem Anleger ab, der nicht weit entfernt von ihrer Unterkunft war. Vielleicht wäre es naheliegend gewesen, die Nacht vor der Abreise bei ihr zu schlafen. Aber er tat es nicht, denn die Tage und Nächte waren unerträglich heiß. Er mietete lieber ein Hotelzimmer mit

Klimaanlage, frischen weißen Laken und geräumigem Badezimmer ganz in der Nähe, und lud sie ein, auch dort zu schlafen. Sie waren inzwischen so vertraut miteinander, dass er dem nicht mehr aus dem Weg gehen musste, glaubte er.

Das war ein Irrtum. Sobald es dunkel war und sie unter den Laken lagen, schliefen sie miteinander. Das war überfällig. Es war auch schön. Aber es hatte nicht den bedingungslosen Zauber, den es am ersten Abend gehabt hätte.

In der Nacht knirschte sie fürchterlich mit den Zähnen. Im Halbschlaf meinte er, ein Monster läge neben ihm. Als er ihr am Morgen von dem Eindruck erzählte, entschuldigte sie sich: „Ich bin so froh, dass du zurückgekommen bist. Aber du bist nur für sehr kurze Zeit gekommen, du willst gehen. Darum schlafe ich nicht gut und mache Geräusche." Sie tat ihm leid. War es falsch gewesen, sie noch einmal aufzusuchen?

Ja, es war ein Fehler gewesen. Richtig wäre es nur dann gewesen, wenn er sich für sie entschieden hätte. Pasqual gestand sich das aber nicht ein. Er sagte sich: „Nein, es war kein Fehler, hierher zu kommen. Die Tage waren schön gewesen, etwas hatte geschehen müssen, damit wir einander nicht ewig als Phantom in Erinnerung bleiben. Der 'Supertag' ist zwar nicht fortgesetzt worden, aber es hat die Startenergie für eine heilsames freundschaftliches Miteinander gegeben. Und daran ist nichts falsch." Auf diese und ähnliche Art redete er sich schon lange alles schön im Leben, so wie es die meisten Irrläufer und Zauderer tun.

Er hatte sich entschieden, durch gar keine Tür zu gehen - und dabei wusste er noch nicht einmal, dass es das immerwährende Labyrinth der Türen gab. Er konnte nicht noch mehr Tage mit ihr verbringen. Sie hatte vollkommen zu Recht in der Nacht mit ihren Zähnen geknirscht. Er wusste nicht, wie er sich aus der Situation befreien sollte. Er glaubte, er müsste einfach nur in dieser Welt nicht innehalten und weitergehen. Doch in der Wirklichkeit bewegt man sich nicht durch Bewegung, sondern durch Entscheidung. Pascual aber hatte sich nicht entschieden, er fuhr einfach nur weiter. Den Abschied machte er kurz. Sie sagte: „Gehe nicht!" Er ging trotzdem.

Die Fähre brachte ihn zu der nur zwei Stunden entfernten, übernächsten Insel.

Obwohl die Landschaft dort schön war und das Wasser sehr klar, mochte Pascual sich nicht so recht wohl fühlen. Er empfand sich als ein Tourist unter Touristen und langweilte sich in diesem Zustand.

Weil er nichts anderes zu tun hatte, sah er sich einen Sonnenuntergang am Strand an und wurde von Mücken zerstochen.

„Es ist idiotisch, ihr aus dem Weg zu gehen." Diese Einsicht stellte sich ein, nachdem er den zweiten Abend allein am Strand verbracht hatte.

„Ich mache den gleichen Fehler wie im letzten Jahr. Ich weiche ihr aus, weil ich Angst habe, ich könnte mich in den Gefühlen zu ihr verfangen." Und er irrte wieder. Er machte zwar denselben Fehler wie im vorherigen Jahr. Doch den gleichen Fehler ein zweites Mal zu machen ist schwerwiegender. Und er hatte ihn bereits getan. Wieder redete er es sich schön: „Einen Unterschied gibt es. In diesem Jahr habe ich noch einige Tage Zeit. Ich habe es in der Hand. Es liegt an mir allein. Ich kann einfach die Fähre zurück zu ihr nehmen."

Dann glaubte er, eine noch bessere Idee zu haben: „Ich könnte mich mit ihr auch auf der mittleren Insel treffen, die auf halbem Weg liegt. Die kennt sie nicht. Wir könnten sie gemeinsam erkunden. Dann wäre es nicht nur für mich, sondern auch für sie ein Urlaub."

Tatsächlich hatte er im letzten Jahr einmal eine kleine, bunt bemalte Fähre gesehen, die genau die Insel, an die er jetzt dachte, ansteuerte, und er hatte sich vorgestellt, wie schön es wohl wäre, auf diesem bunten Boot mit einer Liebsten zu sein. Dies war, als er im letzten Jahr am Strand spazieren gegangen war, und über die zierliche Chinesin nachdachte, die er nie mehr wiedersehen würde, weil etwas ihn den richtigen Moment hatte verpassen lassen.

Und auch wenn sie nun mit zwei verschiedenen Fähren von zwei gegenüberliegenden Seiten kommen würden, und sie nicht die Chinesin war, hatte er es doch nun scheinbar in der Hand, diesen Wunsch zu weiten Teilen wahr werden zu lassen. Und also vertrödelte er nicht weitere Zeit und rief sie an.

Sie willigte ohne jedes Zögern ein.

Er konnte an ihrer Stimme hören, dass sie sich freute. Dahinein mischte sich eine weitere Nuance, etwas scheinbar ganz Selbstverständliches, so als habe sie genau diesen Vorschlag erwartet, so als habe sie gewusst, dass genau dies geschehen würde. Sie willigte so schnell ein, als sei sie auf die kleine Reise bereits vorbereitet. Pascual schloss die Augen und konnte die Tasche sehen, die fertig gepackt schon neben ihr stand. Doch dies war nur eine Einbildung.

Er kam einige Stunden vor ihr auf der Insel an, mietete ein Hotelzimmer in der Umgebung des Hafens und setzte sich in ein einfaches Restaurant in der Nähe des Piers. Sie rief ihn an, als sie die Insel erreicht hatte. Er ließ sein Essen stehen und ging ihr entgegen. Sie trug einen kleinen Strohhut und lachte.

Sie hatten drei Tage und drei Nächte, die sie miteinander auf der Insel verbringen konnten. Alles war schön, doch die Zeit war nicht schwerelos. „Der letzte Raum, den wir miteinander teilen", sagte sie leise, als er am zweiten Abend die Zimmertür aufschloss. Hinter diesen Worte erahnte Pasqual einen unermesslichen Abgrund aus Einsamkeit, und sein Herz zog sich zusammen.

Auch unter der Sonne des Tages war die Vergänglichkeit allgegenwärtig - und machte jede Kleinigkeit, jeden Atemzug nur noch schöner. Die klar gezeichnete Wirklichkeit, die selbstverständliche Nähe, das blinde Verstehen, all das würde schon bald sehr weit weg sein. Und obwohl beide das wussten, konnten sie es sich nicht so recht vorstellen.

Was sie auf der Insel taten, war nebensächlich und wäre gegen alles andere austauschbar gewesen, wenn sie es nur auch miteinander getan hätten. Einmal fuhren sie zu dem größten und ältesten Baum der Insel, der viele hundert, vielleicht sogar tausend Jahre alt war. Wie klein und vergänglich sie daneben waren! Doch kamen sie sich deswegen nicht gering vor, denn sie spürten, aus der Ewigkeit waren ihnen drei Tage miteinander geschenkt worden. Was für ein Schatz!

Sie fuhren eine unfertige, breite Straße, die noch im Bau war, über die Berge der Insel, durch den Urwald. Nur an einer einzigen Stelle der vielen Kilometer langen, gewundenen Trasse waren einige müde Arbeiter zu sehen, kein anderes Fahrzeug begegnete ihnen. „Ist denn diese Straße nur für uns gebaut!", rief Pascual, der Fahrtwind verzerrte seine Worte, und er erkannte, als er sich umblickte, dass sie ihn wohl nicht verstanden hatte. Ihr versonnenes Lächeln verlor sich im Grüngrün des Waldes, der Hügel, des Abhanges; sie blickte ihn kurz an, glückselig, und er wiederholte seine Worte nicht, denn ihre Gedanken in diesem Moment waren schöner.

Sie mochten ihren Raum, die frischen Laken, die freundliche Vermieterin und das Wirken der Zimmermädchen, die immer schon sauber gemacht hatten, damit nur kein

Staubkorn ihre kostbaren Tage trübe.

Obwohl es auf der Insel nur einfache Restaurants gab, zog sie sich immer abends ihre schönsten Kleider an (sie hatte für jeden Abend ein anderes dabei). Da sie immer aus billigem Stoff waren, ließ es sie ärmer aussehen, als die T-Shirts und kurzen Hosen, die sie während des Tages trug. Gleichzeitig machte es sie noch strahlender, da weniger das Dilemma ihres Lebenssituation offenkundig wurde, als die Tatsache, dass sie entschlossen war, es an diesen Tagen zu ignorieren.

Wenn sie nachts nebeneinander schliefen, knirschte sie nicht mehr mit den Zähnen. Sie wusste nun: die Dinge waren nicht mehr zu ändern.

Einmal regnete es so stark, dass sie wach wurden, und barfuß als Schlafwandler in einem gemeinsamen Traum über den weiten Flur gingen, die Galerie zum Innenhof, und von dort nebeneinander staunend das graublaue Prasseln auf dem Nachtwasser des Swimmingpools beobachteten.

Aber mit einem Mal, ganz plötzlich, war dies alles, diese Zeit vorbei, ihre drei Tage waren vergangen. Sie verließen die Insel gemeinsam mit demselben Boot, das sie nach Samui brachte, wo sie sich verabschieden würden.

12.

Während der Überfahrt war sie schweigsam, und auch Pascual dachte nach. So gelang es ihnen, dem Zeitenlauf noch einen vollständigen Tag, eine Nacht und einige Vormittagsstunden abzutrotzen. Diese Spanne blieb ihnen noch auf der Insel Samui, wo sie sich zum ersten Mal begegnet waren, und wo sie sich schon im Vorjahr verabschiedet hatten.

Der eine Tag war übervoll mit Eindrücken, weil ihre Sinne jeden Millimeter der Wirklichkeit vervielfältigten, um ihn von allen Seiten gleichzeitig betrachten zu können. Die Wasserlöcher in den Felsen am Fuße des Wasserfalls, der staubig rote Sand in der ausgewaschenen Fahrrinne auf dem Weg zum Bergtempel, das lange Schweigen des einzigen Mönchs, den sie an diesem so wichtigen Moment finden konnten, die scharfen, stacheligen Dornen der großen Durianfrüchte, welche die burmesischen Tagelöhner sich furchtlos zuwarfen und mit alten Säcken fingen, die kurzen Geschichten der verschiedenen Menschen, die sie irgendwann einmal hier kennengelernt hatte und alle versuchte, ihm nun noch vorzustellen, die Zeile in einem Buch, in dem er blätterte und alles andere noch wurde aufgefächert in so Vieles, dass ein ganzes Jahr damit zu füllen wäre. Aber erst, als die Sonne schon untergegangen war, bemerkte Pascual, dass sie versäumt hatten, den Sonnenuntergang zu betrachten. Er machte sich im Stillen große Vorwürfe deswegen, denn seine Schuld war es gewesen, er hatte ihren leisen Hinweis auf den baldigen Sonnenuntergang nicht verstanden, nun war es zu spät. Er ließ sich seinen stillen Gram in diesem Moment nicht anmerken, sondern scherzte darüber, um nicht eine Sekunde dieser frühen

Nacht auch noch zu verderben. Beiden war bewusst, dass ein Sonnenuntergang ihren letzten Tag im vorherigen Jahr verzaubert hatte, und sie nun keinen Sonnenuntergang miteinander mehr hatten.

Pascual konnte nicht sagen warum, aber er nahm sich vor, am nächsten Morgen, vor dem Frühstück, vor der Rückreise in den nahen Bergen eine Stunden zu laufen. „Ich komme mit", sagte sie. „Ich fahre dich mit dem Motorrad bis dorthin, wo der Weg anfängt. Ich fahre nebenher. Ich treibe dich an. Ich will dich laufen sehen. Ich rufe dir zu: Laufe schneller!"

In der Nacht schliefen sie still nebeneinander. Wortlos standen sie sehr früh, noch im Dunkeln, auf.

Nachdem Pascual eine Weile gelaufen war, ging die Sonne auf, überflutete die Palmenwipfel mit sanftem Frühlicht und schuf eine weit geschwungene, gelb-grüne Ebene, die bis zum hellblau glitzernden Meer in der Ferne reichte. Der Lichtwechsel geschah innerhalb von Sekunden und entlockte ihr einen Laut des Entzückens. Kein Schicksal lässt sich erzwingen. Die Verzauberung wählt selbst ihre Stunde.

Von da an verläuft ihre verbleibende Zeit seltsam schnell und zielgerichtet. Als Pascual wieder auf das Motorrad stieg, war er vollkommen durchgeschwitzt. Sie fuhr ihn zum Meer, damit er dort mit all seiner Kleidung hineinspringen, sich erfrischen und reinigen konnte. Im Schwimmen realisierte er, dass dies sein letztes Bad im

Meer in diesem Jahr sein würde. Er ließ seinen Blick am Ufer entlanggleiten und seine Erinnerung von den Punkten, die er erkannte, zurück zu den Ereignissen, die er hier schon erlebt hatte. Vor einem Jahr war er von hier zu seinem Hotel gegangen, hatte eine Chinesin verpasst, die ihm unendlich wichtig erschienen war und hatte sein neues Spiegelbild auf dem Rückweg zum ersten Mal gesehen.

„Hey!" Sie riss ihn aus seinen Gedanken, stand am Ufer, winkte und rief ihm zu: „Ich muss nochmal weg! Ich lasse dir mein Motorrad hier! Der Schlüssel steckt! Wir treffen uns in einer halben Stunde im Hotel!" Dann war sie verschwunden.

Etwas verdutzt registrierte er ihre Worte und beobachtete ihr Weglaufen, schwamm noch ein wenig weiter am Ufer auf und ab und stieg schließlich in seiner triefenden Trainingskleidung aus dem Wasser, nahm seine Schuhe in die Hand, stieg auf ihr Motorrad und fuhr in das Hotel. Sie kam ein klein wenig später.

„Komm, lass uns noch einmal zusammen frühstücken", schlug Pascual vor, „wir haben noch Essen im Kühlschrank" Sie nickte.

Seltsam, dass sie sich nun trennten. Es hätte so weitergehen können. Aber durch Pascuals Zögern am ersten Tag war anders entschieden worden. Nun hatte er nicht mehr die Wahl. Die Dinge nahmen jetzt den Lauf, den sie nun nehmen mussten.

Sie schaute ihm eine Weile nachdenklich zu, wie er seinen Koffer packte. Sie lächelte und sagte nachdenklich: „Wie im letzten Jahr." Dann nahm sie die Fernbedienung, schaltete den Fernseher ein und wandte sich dem zu.

Zwanzig Minuten später stand sie mit Pascual und dem gepackten Koffer vor dem Hotel.

Als der Wagen kam, sagte sie: „Ich möchte dich nicht zum Pier begleiten. Ich will nicht sehen, wie du gehst. Ich hoffe, das ist in Ordnung für dich. Wir werden uns hier verabschieden." Pascual war vollkommen unvorbereitet.

Sie umarmten sich; auf die gleiche, flüchtige, beinah unsichtbare Weise, wie sie sich vor zwei Wochen begrüßt hatten, doch diesmal auch ungelenk. Es war nur eine Sekunde, vielleicht kürzer, es war schon gewesen. Sie stand nur einige Zentimeter entfernt. Diese beiden Körper würden sich niemals wieder berühren. Vielleicht hätte Pascual sich anders verhalten, wenn er das gewusst hätte. Aber er verstand es nicht. Er stieg ein. Der Fahrer schob die Tür zu. Sie winkte in seine Richtung. Die Scheiben waren dunkel getönt, in ihnen sah sie sich selbst winken und zuversichtlich dabei lächeln. Es wirkte echt. Ihn im Inneren des Wagens, auf der anderen Seite des Glases, konnte sie nicht sehen, nun nicht mehr.

Als der Wagen losfuhr, fühlte Pascual sich nicht niedergeschlagen, sondern euphorisiert. Das lag zum Teil daran, dass er schon wieder von seiner Fähigkeit Gebrauch machte, sich die Dinge schön zu reden. Diesmal mischte sich aber auch ein guter und ein richtiger Gedanke darein. Ein plötzlicher Abschied hat seine Vorteile. Es bleibt keine Zeit für schwere Gedanken. Was hatte er für schöne Tage gehabt! Und auch dieser Tag hatte so unvergesslich begonnen! Er war dem Schönen, das sein konnte, nicht aus dem Weg gegangen, er hatte es soweit wie möglich ausgekostet. Er dachte: „Abschied ist ein Abbild des Sterbens. Jeder Abschied ist eine Übung für das spätere Sterben. Denn wenn wir sterben, werden wir uns nicht nur von einer Person verabschieden müssen, sondern von allen, die wir jemals gekannt hatten und noch hätten kennenlernen können, und darüberhinaus auch noch von der ganzen Welt, und uns selbst." In diesem Moment war er überzeugt davon, dass das Sterben nach einem ausgekosteten Leben glücklich sein konnte.

13.

Er wurde zum selben Fähranleger gefahren wie im Vorjahr. Nur diesmal war es schon Mittag.

Auch diesmal waren die meisten Passagiere Chinesen. Nachdem das Boot schon ein Weile gefahren war, erstrahlte Samui im Sonnenschein leuchtend grün, während von der anderen Seite tiefschwarze Regenwolken sich der Fähre schnell näherten, sie einhüllte; Wassermassen fielen vom Himmel und von einem Moment auf den Anderen war die bis dahin nur langsam kleiner werdende Insel ausgelöschten. „Ich wechsle von einer Wirklichkeit in die andere", dachte Pascual, und er war froh, dass es so schnell geschah. Nach einem kurzen Anschlussflug kam er am späten Abend in Bangkok an.

Ihm blieb es, einen Tag und eine Nacht allein in Bangkok zu verbringen. So schwül, stickig, voll von Misstrauen und Betrug diese Stadt auch war, sie war ebenso ein wundersames Kaleidoskop der Möglichkeiten. Und er versuchte sie alle zu leben an einem einzigen Tag.

14.

Der Raum war dunkel, das Bett hart. Pascual schlug die Augen auf und war noch nicht vollständig wach. Er ahnte im Dunkeln den Schattenriss einer Palme. Es war die Zimmerpalme, er war in seiner Wohnung, er war wieder zuhause.

Diffuse Empfindungen versuchten sich in seinem Inneren zu stabilisieren, um dann ins Außen zu dringen. Er hätte jetzt gern mit ihr gesprochen. Er stand auf und stellte sich vor seinen Badezimmerspiegel. Sie war nicht da. Stattdessen schaute ihn ein Teufel aus dem Spiegel an. Pascual erschrak: "Wie kommst du Dämon hierher?" Sein neues Spiegelbild lachte: "Ich bin kein Dämon. Ich bin du."

Mit Unbehagen und Zweifeln sah Pascual in den Spiegel. Der Andere ermunterte ihn: "Mache dir keine Sorgen. Warte, bis deine Augen sich ein wenig an mich gewöhnt haben." Sein Gegenüber veränderte sich langsam, während es sagte: "Die Dinge unter dem Himmel sind nicht so wie im Himmel." Jetzt erkannte Pascual einen Mann, der nicht mehr jung war und der die Annäherung des Alters nicht fürchtete.

Dieser Mann schaute Pascual eine Weile an und wiederholte dann: "Die Dinge unter dem Himmel sind nicht so wie im Himmel. Darum musstest du deine Träume aufgeben. Die Welt ist nicht perfekt. Du bist es auch nicht, sonst wärst du nicht hier. Akzeptiere deine verschiedenen Seiten und formuliere deine Wünsche neu! Und dann - erfülle sie dir aus eigener Kraft."

Pascual schaute mit einer Mischung aus Misstrauen und Neugierde in den Spiegel. "So wie du das sagst, klingt das sehr einfach." Das Spiegelbild nickte. "Es ist einfach. Es ist einfach, wenn du deine lichten und deine dunklen Seiten kennst. Das tust du jetzt. Ein einziger Tag in Bangkok hat dir die Augen geöffnet. Nun musst du nur noch drei Dinge beachten." "Welche sind das?" "Als erstes musst du deine Wünsche erkennen und richtig formulieren. Das kannst du nur, wenn du ein gutes Herz hast. Denn nur dann liegen sie in einer Richtung, in die das Ganze sowieso strebt. Und nur dann bekommst du gelegentliche Schützenhilfe aus dem Himmel, ohne die es nicht geht." Das leuchtete Pascual ein. Trotzdem sprach er voll von Widerspruch: "Das sagt mir ein Dämon?" Sein Gegenüber sah ihn verwundert an: "Das solltest du nicht sagen. Denn es ist nicht wahr. Deine Vorurteile haben mich im ersten Moment so aussehen lassen. Du solltest das wirklich nicht sagen. Ich bin es doch. Ich bin du."

Einige Sekunden sahen sie sich still an, als seien sie zwei Gegner, welche die Kräfte des jeweils anderen einzuschätzen versuchten. Schließlich entschuldigte sich Pascual nicht und fragte: "Welches sind die anderen beiden Dinge?" Das Spiegelbild nickte: "Richtig so. Wenn du deine Wünsche formuliert hast, brauchst du einen starken Willen, damit nichts dich vom Weg abbringt. Und als drittes und letztes dürfen dich Schwierigkeiten auf deinem Weg nicht beunruhigen, du darfst ihnen nicht ausweichen. Nur so kannst du die Hindernisse zügig aus dem Weg räumen." Pascual schaute überrascht. "Das ist ja tatsächlich recht einfach." Der Andere nickte: "Ja, es ist einfach, sich seine Wünsche zu erfüllen. Man muss nur wissen wie. Du musst nur diese drei Dinge berücksichtigen."

Nachdenklich ging Pascual vom Badezimmer in die Küche, den vertrauten Pfaden folgend, um sich einen Kaffee zu kochen. Er stellte den Steingut-Filter auf einen Becher und schüttete eine große Menge Kaffeepulver hinein. Das Aroma stieg ihm in die Nase, ein Geruch, den er vermisst hatte. In Thailand hatte er morgens selten Kaffee getrunken, weil sein Hotelzimmer entweder keinen Wasserkocher hatte, oder er den angebotenen Instant-Kaffee nicht mochte. „Das langsamere Aufwachen hatte seine Vorzüge", dachte Pascual, „der Morgen hat sich nicht so plötzlich, sondern mit einer ganz eigenen Anmut entfaltet." Er goss kochendes Wasser in den Filter. „Kaum bin ich wieder hier, falle ich zurück in meinen alten Rhythmus." Der Duft des Wassers, das langsam durch das Pulver sickerte und nun Kaffee wurde, drang in seine Nase. „Was soll es. Eine ausgesprochene Dummheit wäre es, die sogenannten schlechten Angewohnheiten einfach nur aufzugeben."

Und genau da, mit einem Mal und ganz plötzlich, begannen sie beide im selben Moment zu lachen, synchron, mit der Freude von Kindern, glucksend bis ihnen die Tränen liefen, und es trotzdem immer wieder noch einmal auflebte, bis der kleine morgendliche Gedanke sie vollkommen befreit und endlich vereint hatte. So wurde dieser Morgen nach einer langen Reise ein sehr guter Morgen, und Pascual betrat bestens gelaunt das Neuland.

Der Doppelgänger

Ein Mann kommt in eine Stadt, mit der Absicht, dort eine Geschichte zu schreiben. Oder einen Film zu drehen. Eine Fotoserie zu schießen. Oder selbst die Hauptfigur eines Romans zu werden, eine Liebesgeschichte zu erleben.

Dieses Unterfangen mag eitel sein. Doch der Mann weiß, dass er genau diese Fähigkeit hat. Er ist ein Geschichtenerzähler, ein Geschichtenerfinder. Das bedeutet, er arrangiert die Struktur, welche er vorfindet, die Buchstaben, wie Bausteinchen zu etwas Neuem, zu etwas Ganzem, zu einem eigenen Wesen, einer Wirklichkeit.

Er muss dafür nicht Buchstaben nehmen, er kann es auch mit allem anderen machen, mit sich selbst. Wenn ihm nur etwas einfällt, beugt er die Struktur des Raums, der die Wirklichkeit ist, auf eine Art und solange, bis er die Figur in einer Geschichte ist.

Kurzum: Mitunter erfindet er die Welt in der er ist, und die wird dann wahr. Warum das geht und wieso er das machen kann, wäre nur weitschweifend zu erklären. Stattdessen sei einfach nur so viel gesagt: Wenn er es möchte, kostet es ihn keine Mühe. Er denkt nicht darüber nach. Wenn die verborgene Seite seines Willens es fordert, dann macht er es geschehen, ohne alle Anstrengung, mühelos, als wäre es nie anders gewesen.

Er weiß nicht, dass er die Geschichte, die sein Leben ist,

erfindet. Er glaubt, sie zu leben, zu erleben; er denkt: das geschieht. Er denkt nicht darüber nach, er handelt. Mag die Welt auch zweifelhaft sein, so ist sie doch auch unbeirrbar. Und so ist er gekommen in diese Stadt.

Der Mann heißt Dequel und die Stadt Surin.

Er war noch niemals zuvor in dieser Stadt, er ist gerade angekommen. Die Stadt liegt in der Provinz eines fremden Landes, weit entfernt von allem, am Rande eines Hochplateaus, umgeben von Reisfeldern.

Er war in diese Stadt gekommen, um 84 Mönche auf 84 Elefanten zu sehen. An einem einzigen Tag im Jahr, in der frühen Morgenstunde, sollten sie in einer langen, schweigsamen Reihe durch einige Straßen der Stadt reiten, hatte er gehört. Hin und wieder stoppten die Dickhäuter, um mit ihren Rüsseln eine Spende der am Straßenrand knieenden Einwohner entgegen zu nehmen. Nur an einem Tag im Jahr, nur zu einer einzigen frühen Stunde und nirgendwo sonst auf der Welt als in dieser Stadt, gab es eine derartige Zeremonie. Dequel hatte vor geraumer Zeit durch einen großen Zufall davon gehört, und deswegen war er hierher gereist. Eine Stadt braucht einen Ansatzpunkt, eine Öse, durch die man sein Handeln einfädelt, den schmalen Grat, über den balancierend man sie betritt. Die 84 Elefantenreiter würden sein Ansatzpunkt sein.

Weil er sich zwar nicht in dieser Stadt, aber mit den grundsätzlichen Elementen, die das Schreiben einer Geschichte oder den Fortgang seines Lebens ausmachen, auskennt, weiß er, dass die meistens Hotels dieser Stadt abgewohnt sind. Er könnte den Taxifahrer bitten, ihm ein Haus zu empfehlen. Aber das tut er nicht. Stattdessen: „Ich suche eine Frau, die nett ist, zu mir, für eine Nacht, nicht länger. Kannst du mich dorthin bringen?" Der Fahrer verstand es, Geschäfte zu machen: „Ich habe eine Cousine, die ist nicht verheiratet. Sie hat schlanke Arme und ..." Dequel unterbrach ihn: „Nein. Nicht deine Cousine. Eine Unbekannte aus der Nacht. Fahre mich dorthin, wo noch was geöffnet hat! Fahre mich dorthin, wo Fremde mit Geld willkommen sind! Dorthin, wo zu dieser Stunde noch geöffnet ist." Er wiederholte: „Dorthin, wo Fremde mit Geld willkommen sind. Kennst du so einen Ort?"

Der Fahrer nickte. Sie verstanden sich. Er würde Dequel zu der einen, kleinen Straße fahren, in der ein Schönheitssalon, ein Friseur und ein Nachtcafé - praktischerweise nebeneinander liegend - noch geöffnet hatten. Diese Geschäfte waren dort, um die wahren Absichten der Frauen, die sich hier aufhielten, wenigstens oberflächlich zu verschleiern.

Dequel hätte auch den Taxifahrer nach einem Hotel fragen können. Aber er befürchtete, keine ehrliche Antwort zu erhalten, er befürchtete zu einem Haus gefahren zu werden, dessen einzige Qualität darin bestand, die Empfehlung mit einer Provision zu vergüten. Meistens haftete diesen Hotels etwas sehr Gewöhnliches an, der üble Geruch des „es hätte schlimmer kommen können." Dort wollte Dequel nicht wohnen.

Die Mädchen aus der Nacht kannten alle Hotels der

Stadt. Sie begleiteten die Männer dorthin. Sie wussten, wo die Betten weich, die Dusche warm und das Frühstücksbuffet reichhaltig war. Und sie würden diese Information für ein Garnichts preisgeben, einfach weil sie selbst dort einen guten Schlaf finden würden. Dieses Wissen aus der Nacht war zuverlässiger als alle Reiseführer und Buchungsagenturen, denn es umfasste auch jene Hotels, die nirgendwo aufgeführt waren. Und gerade die hatten nicht selten wünschenswerte Besonderheiten, an die anderswo noch nie jemand gedacht hatte. „Gehe in das 'Lion Place'. Es ist sehr sauber. Die Zimmer sind groß. Es ist gut gelegen. Die Klimaanlage ist ganz neu. Der Fernseher hat viele Sender. Das Wasser der Dusche ist warm. Nimm mich mit! Ich komme mit dir! Das ist gut für dich! Es ist nicht gut, allein zu schlafen. Ich kann dir einen Vorteil verschaffen."

Das konnten die Mädchen wirklich. Ohne Zweifel würde er in jenem Hotel - das mit Sicherheit genau ihrer Beschreibung entsprach - mit ihr das Zimmer günstiger bekommen. Allein als ein Ausländer, der gerade mal sieben Worte in der Landessprache sprechen konnte, blieb ihm nur der Preis, den der Rezeptionist in den Taschenrechner tippte. Man würde ihn auch freundlicher empfangen. Und niemand würde auf die Idee kommen, wegen seiner bezahlten Begleitung die Nase zu rümpfen. Das lag an der Tradition des Landes. In einer Zeit, die Großväter noch erinnerten, wurden den sehr seltenen Fremden, die in das Dorf kamen, eine junge Frau angeboten. Sie abzulehnen wäre eine Beleidigung gewesen und konnte ernsthafte Bedrohungen für Leib und Leben nach sich ziehen. Dieses Gastgeschenk jedoch anzunehmen, war freundlich, denn es bedeutete: „Ich sehe zwar anders aus als ihr, aber ich bin kein Geist und auch kein Dämon. Ich gehöre zur gleichen Art. Ich bin auch ein Mensch. Ich kann mich mit euch paaren."

Natürlich ist diese Tradition längst Vergangenheit, denn es kommen viel zu viele Touristen, als dass man jedem eine Frau anbieten könnte. Aber das Grundgefühl überdauerte. Mit dem käuflichen Mädchen an seiner Seite würde er den Preis bekommen, der den Einheimischen vorbehalten war. Sie machte ihn zu einem Menschen. Sie hatte die Fähigkeit, das zu tun.

Dequel mochte ihr Lächeln, die Spur der Anmaßung in dem fröhlichen Singsang ihrer Worte und die Verlockungen ihres Hinterns. Wer einen einzigen guten Grund zu nennen hatte, warum er, Dequel, nicht diese Nacht mit diesem Mädchen in jenem Hotel verbringen sollte, der möge jetzt sprechen oder für immer schweigen. Niemand erhob das Wort. Die Straße war leer. Es war Nacht. Nur das Mädchen, Dequel und der Taxifahrer. Also nahm er ihr Angebot an.

So ward das Hotel in der fremden Stadt gefunden. Das Zimmer war sauber, der Preis günstig und der Rezeptionist gut gelaunt. Er tauschte verschiedene Scherzworte mit dem Mädchen aus.

Sobald sie im Zimmer waren, fiel sie ihm um den Hals. „Du bist zurückgekommen! Ich bin froh! Ich habe gewartet." Sie lächelte und ergänzte: „Du konntest mich nicht vergessen. Also bist du zurückgekommen." Er sah sie verwundert an. Offensichtlich verwechselte sie ihn mit einem früheren Kunden. Vielleicht fiel es ihr manchmal schwer, Europäer auseinander zu halten? „Du irrst dich, ich bin noch niemals hier gewesen." Sie lachte, als wenn er einen Scherz gemacht hätte. „Du bist schon hier gewesen. Wie könnte ich dich vergessen?" Er beließ es dabei. Was für einen Sinn sollte es haben, mit ihr darüber zu diskutieren? Sie hatte halt vor einiger Zeit einen Kunden gehabt, der ihm ähnlich sah.

Am Ende der Nacht, als die Sonne gerade aufgegangen war, schreckte Dequal jäh aus dem Schlaf, er wusste nicht, was ihn aufgeweckt hatte. Das Mädchen lag neben ihm, atmete friedlich. Als sie aufwachte, sagte er: „Es ist Zeit sich zu verabschieden." Sie lächelte verschlafen: „Ich weiß. Du verabschiedest dich gern früh. Genau wie letztes Mal." Sie hielt ihn noch immer für den Anderen. „Wirklich meine Süße, ich war das nicht." Sie zuckte mit den Achseln und zog sich ein Hemd über. „Wie du meinst. Und woher weiß ich dann, dass du in Indien warst, um an der Schule für die Mädchen, deren Eltern gestorben sind, zu arbeiten?" Dequel lachte: „Wirklich, ich bin das nicht. Ich war noch nie in Indien, und ich bin kein Lehrer." Sie sah ihn missmutig an: „Wie du meinst." Sie hatte sich schon angezogen. Er gab ihr zwei größere Geldschein, und sie fand ihr Lächeln wieder. Sie gab im einen Kuss zum Abschied und sagte: „Viel Glück, Lehrer. Ruf mich an, falls du mich wieder sehen willst." Dequel kannte ihre Telefonnummer nicht und fragte sie auch nicht danach. Er schloss die Tür hinter ihr und war wieder allein. „Was für einen schönen Empfang mir diese Stadt bereitet hat!"

Anhand des thailändischen Kalenders, des Mondstands und unter Berücksichtigung seiner spärlichen Informationen hatte er ausgerechnet, dass die Almosenprozession der Mönche auf den 84 Elefanten morgen stattfinden musste. Es blieb ihm also ein ganzer Tag Zeit, um heraus zu finden, in welchen der Straßen oder auf welchem Platz das stattfand und um welche Uhrzeit.
Der Rezeptionist machte ein freundliches Gesicht, aber er verstand kein Wort von den Fragen, die Dequel ihm stellte. Nun ärgerte er sich, dass er nicht daran gedacht hatte, das Mädchen aus der Nacht zu fragen. „Sie konnte so gut englisch! Und sie kommt von hier. Sie hätte es mir sagen können. Ich habe sie nicht gefragt. Wie dumm von mir!" Er gab einen kleinen Seufzer, eine leicht affektierte Geste von sich, die Kummer andeuten sollte, in Wirklichkeit aber Vorfreude bedeutete: Er mochte es, allein durch eine fremde Stadt zu gehen und nach einem Anhaltspunkt Ausschau zu halten.

Er trat aus der klimatisierten Eingangshalle des kleinen Hotels und tropische Hitze schlug ihm entgegen, umfasste, durchdrang ihn. Die Arbeit seiner Organe änderte sich, Schweißflecken bildeten sich auf seinem Hemd. Der Boden vibrierte unmerklich unter seinen

Füßen, als würde eine Ohnmacht sich anschleichen. Er mochte das. Die Hitze tat ihm gut.

Er hatte keine Sorge, sich zu verlaufen, die Stadt war nicht sehr groß. Die Straßen waren breit und nur spärlich befahren: hin und wieder ein Auto, einige kleine Motorräder, ein seltenes Fahrrad. Am Straßenrand warteten hier und da Rikschas. Die Steinhäuser hatten selten mehr als drei Stockwerke, dazwischen standen alte Holzhäuser; im Erdgeschoss ein offenes Geschäft, eine Papierwarenhandlung, Haushaltswaren, eine kleine Werkstatt, ein Wohnraum, in dem ein Alter mit freiem Oberkörper vor einem Fernseher döste und sich manchmal mit einem Fächer etwas Luft zuwedelte. Die Symmetrie der Gehwegsteine wurden unterbrochen von abgenutzten Betonplatten, welche die an einigen Stellen faulig riechende Kanalisation abdeckten. Unzählige Kabelstränge führten die Elektrizität kaum mehr als eine Armlänge über Kopfhöhe durch die Stadt. Eine Straßenecke wurde von einer riesigen Werbetafel beherrscht: eine junge Frau die lachte und eine Flasche Limonade in der Hand hielt, offensichtlich der Grund für ihre Fröhlichkeit und vielleicht auch für ihr gutes Aussehen. An der nächsten Kreuzung führte ein Kreisverkehr um den steinernen Springbrunnen. Kleine Vögel, Spatzen saßen auf den Dächern und den hohen Bordsteinkanten.

Eine ganze Weile war Dequel schon so in losen Betrachtungen und Gedanken dahin gegangen. Einen Anhaltspunkt hatte er nicht entdeckt. Es waren keine Menschen auf der Straße, die er hätte fragen können. In einiger

Entfernung, etwas abseits der Straße, sah er das gelb-rot-grüne Schieferdach eines Tempels in der Sonne glänzen. „Vielleicht treffe ich dort jemanden. Wenn ich Glück habe einen Mönch, der englisch sprechen kann."

Das spitzgieblige Gebäude war von einer weißen Mauer umfasst, das Tor stand offen. Nicht weit vom Eingang stand ein Trommelturm. Er zog seine Schuhe aus und ging die Stufen empor zur rechten der beiden offen stehenden Eingangstüren und stieg über die hohe Schwelle. Obwohl einige Fensterläden offen standen, war es im Inneren dunkler. Das Lächeln einer großen, vergoldeten Buddhastatue beherrschte den Raum. Der Boden war rot. Auch hier war kein Mensch. Die Luft war angenehm kühl. Dequel setzte sich auf den Boden. Er würde eine Weile hier bleiben und sich ausruhen. Nichts sprach dagegen. Vielleicht konnte er hier die Buchstaben sortieren. Vielleicht würde die Beschaffenheit des Ortes ihn ändern. Solange, bis alles andere sich ergab.

Er betrachtete die Wandmalereinen: kleine Episoden aus dem Leben Buddhas, die hier jedes Kind kannte, die für ihn aber neu waren. Die Schlüsselsituationen auf seinem Weg zur Erkenntnis waren anschaulich dargestellt. Irgendwann fielen ihm die Augen zu. Später, als er sie wieder aufschlug, saß ihm ein Mönch gegenüber. Dequel verbeugte sich dreimal.

Der Andere deutete auf die Spendenbox und eine Rute im Wassereimer. Das bedeutete: „Bist du hierher gekommen, um dich segnen zu lassen?" Es bedeutete aber auch, dass der Mönch kein englisch sprach. „Ein Segen kann nicht schaden", dachte Dequel und tat etwas Geld in den gläsernen Kasten. Der Andere begann einige Formeln zu murmeln, Dequel legte die Hände zusammen, goss etwas später aus einer kleinen Kanne Wasser in eine dafür vorgesehene Schale und wurde mit Hilfe der Rute mit etwas Wasser besprenkelt. Jetzt wäre es an der Zeit gewesen, sich dreimal zu verbeugen und zu gehen, aber Dequel zögerte an dieser Stelle. „Darf ich eine Frage stellen?" Der Mönch sah ihn überrascht an. Er lächelte, es sah freundlich aus, und sagte einige Worte auf thailändisch. Dequel nahm aus seiner Tasche das Notizbuch, schlug es auf, malte etwas unbeholfen einen Elefanten und einen Mönch, der darauf saß. Daneben schrieb er die Zahl 84. Dann deutete er in alle vier Himmelsrichtungen und zuckte Ratlosigkeit spielend mit den Achseln. Der Mönch nahm das Notizbuch und schaute sich die Zeichnung eine Weile an, deutete auf den Elefanten, lachte. Die Zeichnung war wirklich nicht sehr gelungen. Dann nahm er einen Stift und malte vom Elefanten ausgehend je einen Pfeil nach rechts, nach links, nach oben und nach unten. Neben jeden Pfeil schrieb er sehr konzentriert die Zahl 21.

Dequel schaute irritiert auf die Skizze. So würde er nicht herausfinden, wo morgen die Parade stattfand. Aber was wollte sein Gegenüber ihm sagen? Irgendetwas sollte das doch bedeuten. Er dachte an die überladene Symbolik der Drei, die Bedeutung der Sieben und an die 21 als Konsequenz daraus, verstand aber nicht den Zusammenhang zu dem Fest, noch, was es mit der Aufteilung in die vier Himmelsrichtungen auf sich hatte, und schon gar nicht, wo das denn nun morgen stattfinden würde.

Weil sie keine gemeinsame Sprache hatten, sah Dequel den Mönch fragend an. Der nahm das Notizbuch noch einmal und malte über den linken Pfeil einige kleine Strichmännchen mit Zöpfen, Mädchen anscheinend, und daneben ein größeres mit kurzen Haaren. Dann deutete er auf Dequel, sprach „India" und lachte.

„Die Mädchenschule in Indien", fiel ihm sofort ein. „Der Mönch verwechselt mich", dachte er, „er hält mich für denselben, für den schon die Schöne der Nacht mich gehalten hat."

Einen kleinen Moment zögerte Dequel. Er verstand, dass er hier nicht herausfinden würde, was er zu erfahren erhoffte. Also verbeugte er sich tief, dreimal, stand auf und ging nachdenklich zurück ins Freie. „Ich werde noch ein wenig weiter suchen müssen." Er hatte Hunger.

Die Straßenverkäuferin verstand ihn nicht, er hatte auch nicht damit gerechnet. Er war damit zufrieden, für ihn erhöhte das den Reiz, es war einer der Gründe, warum er sich diese Stadt ausgesucht hatte: man würde ihn nicht verstehen, und er verstand die Sprache der Einwohner nicht. So wäre er unbeeinflusst - hatte er gedacht, bevor er in die Stadt gekommen war -, würde nicht von den Worten abgelenkt werden und die Wirklichkeit wäre nicht von den Ungenauigkeiten und Lügen der Sprache verdeckt: Sein Blick würde klar sein, hatte er gedacht.

Und genau so geschah es. Und es geschah so beiläufig, dass er es gar nicht bemerkte.

Die Straße war leer. Der Gehsteig war an dieser Stelle etwas breiter, obwohl hier niemand ging. Die Verkäuferin hatte sich die Stelle gut ausgesucht, sie wusste vom baldigen Gong der nahen Schule und den zahllosen Mädchen mit ihren gleichen Uniformen und Zöpfen, die an einem Stück süßem Gebäck nicht vorbeigehen konnten, an keinem Tag. Diese unscheinbare Stelle war es, an der man zwar nicht reich werden konnte, aber doch mit wenig Aufwand ein ausreichendes Auskommen hatte. Er ließ sich von den dicken, fettgepolsterten Wangen und dem trägen Blick der Verkäuferin nicht täuschen, sie wusste genau was sie tat. Und sie würde ihm auch die Information geben können, die er brauchte.

Mit einem gezielten Griff holte Dequel ein Notizbuch aus seinem kleinen Beutel, einen Stift, schlug es auf und malte etwas unbeholfen einen Elefanten und dann noch einen Mönch auf dessen Rücken. Er zeigte es der Pausbäckigen. Sie lachte. Hatte sie es erkannt? Er malte einen weiteren Elefanten und noch einen, gab sich mehr Mühe bei den Mönchen. Nun schien sie zu erkennen, denn sie deutete auf den Mönchen und hob ihre Hände zur Stirn. „Wo?", fragte Dequel sie. 'Wo' war eines der wenigen Worte, die er in ihrer Sprache kannte. Sie sah ihn ratlos an und lächelte beschämt. Sie wusste nicht, was er meinte. Er überlegte einen Moment und malte dann die Zahl 84 neben die drei Elefanten. Nun verstand sie. Sie nickte bestimmt, deutete in eine Richtung und dann auf das Zifferblatt ihrer Uhr. Sechs. Und sie zog einen ganzen Kreis mit ihrem Finger auf der Uhr. Morgen erst. Morgen früh um sechs. Irgendwo in der Richtung dahinten.

Er bedankte sich mit einer Geste und ging in die Richtung, die sie ihm gezeigt hatte. Irgendetwas musste dort doch schon jetzt zu sehen sein.

Der Verkehr nahm zu. Ein unablässiges Bremsen, Quietschen und Knattern. Hier war die Stadt sehr voll. Die Luft war schlecht, heiß und dicht. Waren die anderen Straßen leer, weil alle in diesem Teil des Städtchens waren? So erklärte sich Dequel die plötzlich vielen Autos, Mopeds, dreirädrigen Fuhrwerke und die vielen wohlgekleideten, frohen Menschen, die von überallher in alle Richtungen strömten. Immer stand er im Weg und jemand oder er selbst musste ausweichen, freundlich, überrascht lachend, ein ständiges Lachen nun. Die anderen Straßen waren leer, weil alle hier waren. So erklärte er es sich. Aber er empfand etwas anderes. Er war die Figur auf einem Spielfeld und die Felder waren vertauscht worden. Mit einem Mal war alles anders. Nun war er in der Stadt, in der richtigen Stadt, in einem unvorhergesehenem Zentrum. Würde er jemals in sein Hotel zurückfinden?

Dequel ließ es nicht zu, dass Irrationales seinen Verstand überwältigte. Stattdessen sah er sich um. Wo würden morgen die Mönche reiten?

Er fand es nicht, er sah es nicht. Mit einem Mal war da ein Einkaufszentrum, ein Plaza, ein kleiner Springbrun-

nen und Menschen mit hochwertig bedruckten Ein-
kaufstüten. Wo war er? Hinter der nächsten Ecke beru-
higte sich alles ein wenig, Marktstände, immer noch viele
Menschen, die sich hier langsamer bewegten und run-
des, säuberlich aufgetürmtes Obst. Die Früchte brachten
ihn zurück zum Boden. Er hatte den Ort der Zeremonie
noch nicht gefunden. Es war später Nachmittag. Ein-
kaufszeit. Morgen war ein Feiertag. Viele Geschäfte
würden geschlossen haben. Alle trafen nun ihre Vorbe-
reitungen. Dequel war erschöpft.

In einer kleinen, wohltuend unbelebten Seitenstraße sah
er vor einem flachen Haus den blassen Schriftzug „Massage". „Das wird mir gut tun." Dort ging er hin.

Im Inneren war ein angenehmer Geruch. Die Tür stand
offen, er war eingetreten. Niemand war hier. Es war still.
Er rief zaghaft „hallo".

Aus den hinteren Räumen kam eine kleine gedrungene
Frau geschlurft, sie sah verschlafen aus, er hatte sie wohl
geweckt. Ihre Finger waren kurz, die Hände breit, ein
gutes Zeichen, sie hatte viel Kraft, sicher würde sie gut
massieren können. „300 Bhat." Sie hob zwei Finger ihrer
Hand. Zwei Stunden. Das war gut. Keine von den Mas-
sagen für die Touristen, die immer nur eine Stunde dau-
erten. Sie wusch ihm die Füße und gab ihm Kleidung,
die er überzog. Als er auf dem Bauch lag, am Boden auf
einer schmalen Matratze, sah er, wie sie niederkniete, die
Hände faltete, irgendetwas in der Luft über ihn betrachtete, sich dreimal verbeugte und dabei etwas murmelte.
Das war gut. Sie übte ihre Tätigkeit mit großer Sorgfalt

aus.

Während der zwei Stunden sprachen sie nicht. Wenn nötig dirigierte sie ihn mit sanftem Druck in die eine oder in die andere Richtung. Er dachte über Indien nach. Er war noch nie dort gewesen. Sicherlich gab es dort viel zu sehen. Für viele Europäer war das ein romantisierter Ort, der sich nach dem ersten Besuch nicht selten entzauberte. Nur wenige fuhren immer wieder dorthin. Einer von denen pendelte anscheinend gelegentlich von Indien nach Thailand. Einer der ihm ähnlich sah. Zweimal war er schon verwechselt worden. Sie knetete seinen Unterarm und zog an den Fingern. Ihm fiel Hofmannsthals „Reitergeschichte" ein. Ein junger Offizier reitet nach gewonnener Schlacht in Mailand ein. In einem nahen Dorf, das von Armut und Elend verflucht ist, und in das er aus irgendeinem Grund mit kleinster Gruppe doch noch reitet, ist der Boden schwarz und klebrig, und im Schatten der türlosen Elendshütten schleppen sich Menschen in Lumpen mit verrenkten Hüften. In diesem Dorf, in dem sicher keine Beute zu machen ist, wo keine feindlichen Verbände sich verstecken würden, und in das zu reiten vollkommen sinnlos gewesen war, in diesem Dorf kam dem jungen Offizier auf einer Brücke ein andrer Reiter entgegen, ein Reiter, dessen Pferd wie seines aussah und dessen Uniform die gleichen Rangabzeichen hatte wie die seine. Ein Reiter, den er nicht genau erkennen konnte. Im letzten Moment riss er das Pferd herum und verließ das Dorf. Keine zwei Stunden später wurde er nicht in einer Schlacht, sondern nach einem überflüssigem Disput mit einem Ranghöheren unvorhergesehen erschossen.

Sie zog jetzt an seinem linken Unterschenkel. Mit aller Kraft. Ihre kleinen, schweren Füße standen auf seinen Oberschenkel. Es knackte in seinem Knie. Das tat gut.

In der deutschen Mythologie sieht man sich selbst kurz vor dem Tod. Das Auftreten des Doppelgängers ist ein Zeichen des unmittelbar bevorstehenden Todes. Seltsamer Glaube. Aus diesem Grund hatten die meisten älteren Deutschen keine Spiegel in ihrem Schlafzimmer. Der Schlaf war dem Tod so nah. Was, wenn man nachts aufschreckte, nicht wirklich wach, und sein eigenes Spiegelbild sah? Wer denn war der Doppelgänger?

Sie massierte sein Gesicht, ließ ihn aufsitzen, knetete den Scheitel und renkte mit einem Ruck die Halswirbel aus und wieder ein. Sie verbeugte sich. Sie war fertig mit der Massage. Die Zeit war schnell vorangeschritten.

Dequel verbeugte sich auch und zahlte. Als er die Kleidung wechselte, und sie ihn einlud, noch kurz zu sitzen und einen Tee zu trinken, kam ihm die Idee, nach den Elefantenreitern zu fragen. Wieder malte er eine Skizze von Elefanten und Mönchen und die Zahl 84. Sie nickte, erhob sich und verließ den Raum. Als sie zurückkam hielt sie in ihrer Hand einen Stadtplan. Mit einem blauen Stift umkreise sie einen Tempel und zog einen Straßenzug, einen Kreisverkehr nach. Daneben malte sie eine Uhr. Von sechs bis acht. Es war nicht weit von hier. Er durfte den Plan behalten. Er hatte es geschafft, er würde es finden. Dequel verbeugte sich tief und gab ein gut bemessenes Trinkgeld. Sie verabschiedete ihn, und er trat ins Freie.

Es war dunkel geworden. Die Nacht sinkt in den Tropen früh herab. Ein Mopedtaxifahrer sah seinen suchenden Blick und bot sich ihm an. Seine Sprache konnte er nicht verstehen. Aber er erkannte den Namen des Hotels. Fünf Minuten später war Dequel vor dem Eingang. Das Moped war schnell, der Weg nicht weit. Der Rezeptionist gab ihm seinen Zimmerschlüssel. 201.

Hotelzimmer haben eine eigene Wirklichkeit. Es ist der Raum, in dem er seine Eindrücke und sich selbst ausbreitet. Unmöglich konnte er jetzt schon schlafen gehen. Er nahm ein Bier aus dem kleinen Kühlschrank und trank es auf dem Balkon. Die Nacht war sehr warm. Er schwitzte. Es waren fast dreißig Grad. Kaum eine Nacht in Deutschland war je so warm. Er fühlte sich wohl, trank das zweite Bier. Danach hielt er einen Moment unschlüssig die kleine Flasche mit Thai-Whisky in seiner Hand. Die Nacht vor dem Feiertag ist auch ein Feiertag. Der traditionelle Thailänder bereitet sich vor und trinkt keinen Alkohol. Das Hotelzimmer hat seine eigene Wirklichkeit. Hier ist nichts verboten, alles ist richtig und jeder Impuls hat die Absicht, ihm seinem Ziel zuzuführen. Er schraubt die Flasche auf und schüttete einen guten Teil davon in ein Wasserglas, füllt es mit etwas Sodawasser auf. Schwere Libellen standen in der Nachtluft. Mehr wäre jetzt noch möglich. Aber morgen war auch noch ein Tag. „Wegen der Elefantenreiter bin ich hergekommen", dachte Dequel. „Ich bin rechtzeitig hier.

Und ich habe herausgefunden, wo ich morgen früh hin muss. Alles entwickelt sich so, wie es soll." Er lehnte sich zurück und war zufrieden. Er nahm sich die Zeit, den Whiskey auszutrinken, bevor er schlafen ging. Er war betrunken, träumte nicht.

Der Wecker fiepte um fünf. Sofort stand Dequel auf, er war hellwach. Er fühlte sich frisch und energiegeladen. Was für ein schöner Morgen. Unverhofft lag die Welt ihm zu Füßen.

In der Hotelhalle herrschte trotz der frühen Stunde stille Betriebsamkeit. Viele der Angestellten hielten kleine Geschenke in der Hand und schienen sich auch auf den Weg zu der Zeremonie machen zu wollen. „Ich habe keine Spende, kein Geschenk", dachte Dequel erschrocken, „meine Hände sind leer. Ich bin den weiten Weg gekommen, um als Einziger hier nichts zu geben!" Er war beschämt. Warum hatte er daran nicht gedacht?

Er ließ sich von dem Rezeptionist einen Umschlag geben, tat einen großen Geldschein hinein und dachte, dass dies so schmucklos nun genügen müsse. Dann folgte er dem Strom der in der frühen Morgenstunde schon fröhlichen Angestellten, setzte sich auf eins der zahlreichen wartenden Motorradtaxis, und musste gar nicht sagen, in welche Richtung er wollte, der wusste es schon.

Viele Menschen waren in den Straßen rund um den beschriebenen Kreisverkehr. Alle frohen Gespräche und Worte waren leise, niemand sprach laut. Alle warteten. Die Mönche ritten aus dem Tor des Tempels auf den Rücken der gemächlich dahinschreitenden Riesen, als sei das die größte Selbstverständlichkeit der Welt. Geduldig stoppten die Tiere, sahen mit einem heiteren Auge jeden einzelnen Menschen genau an, der ihnen etwas entgegenreichte. Mit dem Rüssel nahmen sie alles vorsichtig an und reichten es weiter zu den beiden Mönchen, die auf ihrem Rücken saßen. Immer waren es zwei Mönche auf einem Elefanten. Die Tiere schienen eine regelrechte Freude an dem Fest zu haben. Einige Menschen reichten neben der Spende auch aufgeschnittenes Obst, das war dann für die Elefanten.

Das große Grau der vielen Elefanten, der gleichmütige Gesichtsausdruck der Mönche, der Kontrast ihrer safranfarbenden Roben und das stille Schweigen der vielen sich verbeugenden Menschen, die am Straßenrand knieten - auf dafür errichteten Podesten, damit die Elefanten sich nicht zu tief beugen mussten -, das war eine Komposition, die Dequel schwindeln ließ. Er auch kniete nieder.

Als er seinen kleinen, kleinen Umschlag, den einzigen Umschlag, dem Rüssel eines Elefanten übergab, spürte er einen Blick auf sich ruhen. Als er dorthin schaute, sah er einen Mann auf der anderen Straßenseite, der ihn nachdenklich betrachtete. Es brauchte eine Weile, bis Dequel erkannte, dass dieser Mann ihm sehr ähnlich sah. Er trug sogar fast die gleiche Kleidung. Hatte der nicht auch nur einen Umschlag übergeben?

Der Elefant wog seinen Kopf ein-, zweimal hin und her und ging dann einige kleine Schritte weiter zu dem

Nächsten, der am Straßenrand kniete. Dadurch war Dequel für einen Moment der Blick auf den Anderen versperrt. „Das wird derjenige sein, mit dem mich hier alle verwechseln. Er sieht mir wirklich ähnlich. Wer hätte gedacht, dass ich die Gelegenheit bekomme, ihn kennenzulernen. Ich werde zu ihm hingehen."

Auf einmal war die Zeremonie, für die er in diese Stadt gereist war, in den Hintergrund getreten. Er stand auf, das Blickfeld war nicht mehr versperrt, der Andere war verschwunden.

Er suchte eine Lücke zwischen den Elefanten und den Podesten, um die Straße zu überqueren und den Ähnlichen zu suchen, und es brauchte einen Moment, bis er sie fand. Er ging betont langsam und gelassen, weil er sich nicht sicher war, ob es ihm zustand, die Prozession auf diese Art zu durchqueren. Niemand nahm Anstoß daran. Auch auf der anderen Straßenseite knieten Einwohner der Stadt in einer langen Reihe auf Podesten am Straßenrand. Er fand die Lücke, niemand schenkte ihm Beachtung, nur ein Elefant beobachtete ihn.

Die Gestalt, die er suchte, hatte sich entfernt, er sah sie von hinten und beeilte sich, ihr zu folgen. Doch so sehr er sich auch bemühte, konnte er nicht näherkommen. Jedesmal wenn der Andere um eine weitere Straßenecke bog, verlor er den Sichtkontakt. Er beeilte sich dann, beschleunigte seinen Schritt, aber wann immer er die nächste Wegbiegung erreicht hatte, schien der Andere den Abstand nur noch mehr vergrößert zu haben. Dequel war vollkommen durchgeschwitzt. Sein Herzschlag ging schnell. Er musste etwas im Auge haben, ein Schleier hatte sich vor seinen Blick gelegt, er hatte Mühe, irgendetwas scharf zu sehen. „Was ist los mit mir?" Er war gut trainiert und kannte derartige Ausfallerscheinungen nicht. Er stoppte einen Moment, atmete durch und wischte sich den Schweiß vom Gesicht. Der Andere war verschwunden, er hatte ihn verloren.

Er stand direkt vor dem Eingang eines Hotels. Das Gebäude war neu und setzte sich durch seine klare Form von den anderen Häusern der Stadt ab. „Grace Hotel", las er. „Ich habe mich wohl ein wenig vom Stadtzentrum entfernt." Konnte es sein, dass er den Anderen verloren hatte, weil der in dieses Hotel gegangen war? Dequel zögerte nicht, das herauszufinden. Er trat ein und ging zielstrebig zum Empfangspult. Im Inneren war es angenehm kühl.

„Entschuldigen Sie, die Frage mag Ihnen etwas seltsam vorkommen, aber: Ist hier gerade ein Mann hereingekommen, der ähnlich gekleidet war wie ich, mir vielleicht sogar ähnlich sieht?" Die Rezeptionistin hob ihre Hände vor das Kinn zum Gruß, verbeugte sich ein wenig und sagte freundlich einige lächelnde Worte auf thailändisch. Sie verstand kein englisch. Als er noch überlegte, wie sonst er ihr sein Anliegen erklären sollte, griff sie hinter sich und legte ihm den Zimmerschlüssel Nummer 402 auf den Tresen.

Dequel zögerte. „Der Andere hatte genau in diesem Hotel ein Zimmer gemietet. Und die Rezeptionistin verwechselt mich mit ihm. Er ist nicht da. Ich könnte jetzt einfach in sein Zimmer gehen!" Er konnte diesem Impuls, dieser Idee, dieser Gelegenheit nicht wiederstehen. Ohne die möglichen Folgen zu bedenken, bedankte er sich, nahm in einer Geste vollkommener Selbstverständlichkeit den Schlüssel entgegen und ging zum Fahrstuhl, der nicht weit entfernt war. Ohne Zweifel lag das Zimmer 402 irgendwo im vierten Stockwerk.

Das Gebäude war nicht groß und Schilde in den Fluren gaben eine Orientierungshilfe. Er musste nicht suchen, um den Raum zu finden. Vorsichtshalber klopfte er an. Es kam keine Antwort. Er schloss auf und trat ein.

Niemand war in dem Raum. Auf der Gepäckablage stand ein ungeöffneter Koffer. Das Bett war nicht benutzt oder vom morgendlichen Zimmerservice schon wieder hergerichtet. Dequel schaute in das Badezimmer. Eine Zahnbürste, ein Handrasierer, Rasierseife und ein After Shave lagen um das Waschbecken. Er selbst wechselte immer mal wieder die Sorte Zahnpasta und das After Shave, er mochte die Abwechslung, glaubte, dass es seinen Geist geschmeidig hielt, sich nicht an das Immerselbe zu gewöhnen. Wenn er in Thailand war, kaufte er manchmal auch die Sorte Zahnpasta und Rasiercreme, welche er dort liegen sah.

„Ein Hotelzimmer, das meins sein könnte. Ein Hotelzimmer, wie jedes andere. Ein Hotelzimmer mit einem europäischen Gast. Er ist nicht hier."

Dequel hatte keine Lust wieder zu gehen. Er wollte den Anderen treffen. „Ich bleibe einfach solange hier, bis er kommt." Dequel stutzte über seinen eigenen Gedanken.

In diesem kleinen Moment fühlte es sich seltsam an in dem fremden Hotelzimmer. „Habe ich das rechte Maß des menschlichen Miteinanders verloren?" Aber nein, es musste sein, die Sache wollte es. Der Andere würde Verständnis haben und wahrscheinlich sogar das Seltsame der Situation, die da kommen würde, zu schätzen wissen. „Zumindest wird er das tun, wenn er mir nicht nur äußerlich ein wenig ähnlich ist."

Vielleicht aus dem vagen Gefühl heraus, dass es ihm nicht zustand, in diesem Hotelzimmer zu sein, setzte er sich auf den Balkon. An diesem Vormittag war es sehr heiß. Dequel lehnte sich - so bequem es in dem Plastikstuhl nur möglich war - zurück, und war wenig später eingeschlafen. Die dicke tropische Luft lastete schwer auf seinen Träumen, die vage blieben. Eine Weile beobachtete ihn das Auge eines Elefanten.

Als Dequel aufwachte, war es fast dunkel, die Sonne musste gerade untergegangen sein. Es brauchte einige Sekunden, bis er realisierte, wo er war. „Habe ich den ganzen Tag auf diesem kleinen Balkon verschlafen!" Er musste lachen. War er nicht in diese Stadt gekommen, um die Prozession der Mönche auf den Elefanten zu sehen? Höchstens einige Minuten war er dort gewesen. Dequel schüttelte seinen Kopf und lachte über sich selbst. „Was tue ich nur wieder! Jetzt und Hier!" Noch etwas tapsig trat er vom Balkon in das Zimmer. Sein Körper war klebrig vom Schweiß. „Ich werde duschen. Natürlich steht mir das nicht zu. Aber ich tue es trotzdem. Er wird schon nicht gerade jetzt kommen. Danach werde ich mich besser fühlen. Außerdem kann er mich gar nicht überraschen. Er muss klopfen. Ich habe den Schlüssel."

Nach der schnellen Dusche fühlte Dequel sich besser. Mit leichtem Widerwillen zog er seine verschwitzten Sachen wieder an.

Er ging im Zimmer hin und her. Warum kam der Andere nicht? „Vermutlich tut er genau das, was ich vorhatte: er schaut sich die Zeremonie an. Warum sonst sollte ein Ausländer an diesem Tag in diese Stadt kommen?"

Er öffnete den Kühlschrank, inspizierte die Auswahl der Minibar, nahm die kleine Flasche Thai-Whisky, schraubte sie auf, schüttete ein Glas bis zu Hälfte voll, setzte sich in den einzigen Sessel des Raumes und nippte ohne jedes schlechte Gewissen daran. „Woher nehme ich mir diese Unverschämtheit?", dachte er. „Eine Sache mehr, die mir nicht zusteht." Es fühlte sich gut an. Als das Glas leer war, schenkte er sich ein zweites ein, danach ein drittes und nach dem vierten war die Flasche leer. „Und nun?" Es gefiel ihm in dem Sessel des Hotelzimmers zu sitzen, die Zeit vorüberfließen zu lassen, und dabei allmählich betrunkener zu werden. Sechs Dosen Bier lagen noch im Kühlschrank: Zwei Singha, zwei Leo, zwei Chang. Er fing mit einem Singha an.

Als er das zweite Leo öffnete, schwebte er auf einer Woge des Wohlbefindens. „Es ist wirklich, wirklich schön hier!" Er schob die Balkontür auf und nahm einen tiefen Atemzug. Schwere Libellen standen in der Nacht. „Wo bin ich?" War dies nicht sein Hotelzimmer? Wie-

lange saß er schon auf dem Balkon? „Wann ist die Elefantenreiter Zeremonie? Heute, gestern, morgen? Wo
bin ich?" Die Verwirrung kam nicht vom Alkohol. Dequel ging zurück in den Raum, ins Badezimmer, schaute
sich die Handtücher an: „Grace Hotel" stand dort einge-
stickt. „Das ist nicht das Hotel, in dem ich angekommen
bin", er schüttelte energisch den Kopf. „Nein, das hieß
nicht so, es hieß 'Lion'. Es ist nicht meine Unterkunft,
es fühlt sich so an, aber sie ist es nicht." Er atmete tief
ein, langsam aus. „Meine Güte bin ich müde!" Er streifte
die Hose ab, legte sich aufs Bett und brauchte sich nicht
zuzudecken: der Rausch bedeckte ihn.
Um kurz vor 5 fiepte der Wecker. Er stand sofort auf,
schaltete den Ton aus, ging unter die Dusche, trocknete
sich ab, öffnete den Koffer, zog sich etwas Frisches an
und ging in die Hotelhalle. Einige Angestellte in Hotel-
uniform hielten mit bunten Papier sorgsam verpackte
Geschenke in den Händen. „Warum habe ich nicht
daran gedacht? Ich habe nichts mitgebracht. Ich bin in
diese Stadt gekommen, um der Zeremonie beizuwohnen,
und ich habe kein Geschenk mitgebracht!" In der Not
fiel ihm nichts Besseres ein, als den Mann am Empfangs-
tresen um einen Umschlag zu bitten. Er tat ein größeren
Geldschein hinein und verschloss ihn. „Ich werde dies
den Mönchen überreichen. Es bleibt mir nichts anderes
übrig, ich habe sonst nichts." Er trat ins Freie und folgte
den Anderen. Alle schienen in die gleiche Richtung zu
gehen. Am Straßenrand waren lange Stoffbahnen aus-
gerollt, Orange-Safran-Braun-Töne, die Menschen knie-

ten darauf. Das Tor des Tempels öffnete sich, und ein Elefant kam heraus, auf dem ein Mönch in einer orangenen Robe saß. Es folgte noch einer und noch viele. Alles verschwamm zu einem und die Reihe aus Grau und Orange schien beinahe endlos. Am allerseltsamsten war die Selbstverständlichkeit, mit der all das mit einem Mal und lautlos geschah. Nirgendwo sonst auf der Welt wurde dieses Ritual praktiziert. Aber hier erwarteten alle genau das in genau diesem Moment. Nichts daran war seltsam. Es war schon immer so gewesen.

Die Einwohner der Stadt knieten mit aufrichtiger Demut nieder vor den grauen Elefanten, verbeugten sich tief, und überreichten ihre bunten Geschenke dem Rüssel. „Ich habe nur einen Umschlag, ich habe nur einen Umschlag." Er kniete nieder, verbeugte sich vor dem Tier und hielt dem großen Rüssel den kleinen Umschlag entgegen. Der Elefant nahm das Federleichte geschickt auf und ging weiter. Er wartete einen Moment ab und erhob sich. Es folgten noch viele Elefanten. Die Menschen verbeugten sich, die Elefanten hielten inne. Ein schöner Feiertag. Auf der anderen Straßenseite sah er einen Mann, der auch nur einen Umschlag überreichte. „Ein Europäer", dachte er, „ er sieht mir ähnlich. Sogar seine Kleidung sieht aus wie meine." Einen Moment grinste er, ihn erheiterte die Vorstellung, ein Spiegelbild könnte auf der anderen Straßenseite stehen, doch dann erschrak er, plötzlich, ohne sein eigenes Zutun, und weil ein Gedanke von selbst in ihm entstanden war: er erinnerte sich an Hofmannsthals Reitergeschichte. Der Tod kündigt sich an, indem er dich dir selbst begegnen lässt. „Nicht hier! Nicht jetzt! Nicht heute!"

Es war zu spät, der Andere hatte ihn gesehen und machte Anstalten, die Straße zu überqueren, um zu ihm zu kommen. Ein Elefant schritt durch ihr Sichtfeld. Er nutzte die Gelegenheit, drehte sich um und entfernte sich zügig, floh. „Zum Hotel! Zum Hotel!"

Doch soweit kam er nicht mehr.

Inhalt

Das Buch

Das Buch enthält drei Erzählungen.

Ob einer mit seinem Schatten hadert, in seinem Spiegelbild die große Liebe entdeckt oder für einen anderen gehalten wird, immer geht es um die fiktive Barriere zwischen Ich und Sein und die phantastischen Umstände, die entstehen sobald diese Grenze vom Willen und der Erkenntnis aufgehoben wird.

Die Geschichten lassen sich auch un-philosophisch lesen, dann handeln sie von Trieb, Rausch, Prostitution und verklärter Liebe.

Der Autor

Henrik Woelk wurde 1968 in Reinbek geboren. Er studierte Anthropologie in Hamburg und übt seit 1998 in derselben Stadt eine überschaubare Tätigkeit für das Thalia-Theater aus.

Zwischen 2005 und 2015 unternahm er elf Reisen nach Südostasien mit einem besonderen Augenmerk auf den Theravada-Buddhismus.

Bisherige Veröffentlichungen

2002 *Dem Meister des Maßes*. Erzählungen, Kurzprosa.

2003 *Die Symmetrie der Sphären*. Kurzprosa, Gedichte

2004 *Das Lächeln des Lichts*. Erzählungen, Kurzprosa, Gedichte

2006 *Die Form des Feuers*. Erzählungen, Kurzprosa.

2007 *Die Thalia in der GAUSSSTRASSE*. Fotografien, Kurzprosa.

2009 *Banyan-Baum*. Roman.

2011 *Das Lichterfest der Lotusstadt*. Erzählungen.

2013 *Das Zirpen der Zikaden*. Roman.

2014 *Das Lächeln der Unendlichen*. Erzählungen, Kurzprosa, Gedichte